中华

ZHONGHUA

魂

HUN

百部爱国故事丛书

屡败法军逞英豪

——黑旗军将领刘永福

陈立忠　李永泽　编著

吉林人民出版社

图书在版编目（CIP）数据

屡败法军逞英豪：黑旗军将领刘永福 / 陈立忠，李
永泽编著 . -- 长春：吉林人民出版社，2011.3（2021.8 重印）
（中华魂·百部爱国故事丛书）
ISBN 978-7-206-07485-1

Ⅰ.①屡… Ⅱ.①陈… ②李… Ⅲ.①故事－中国－
当代 Ⅳ.① I247.8

中国版本图书馆 CIP 数据核字 (2011) 第 031978 号

屡败法军逞英豪
——黑旗军将领刘永福
LÜ BAI FA JUN CHENG YINGHAO
　　——HEIQIJUN JIANGLING LIU YONGFU

编　　著:陈立忠　李永泽
责任编辑:王　静　　　　　封面设计:孙浩瀚
制　　作:吉林人民出版社图文设计印务中心
吉林人民出版社出版 发行(长春市人民大街7548号　邮政编码:130022)
印　刷:北京一鑫印务有限责任公司
开　本:787mm×1092mm　　1/16
印　张:8　　　　字　数:64千字
标准书号:ISBN 978-7-206-07485-1
版　次:2011年3月第1版　　印　次:2021年8月第2次印刷
定　价:35.00 元

如发现印装质量问题,影响阅读,请与出版社联系调换。

总　序

　　《中华魂》是一套故事丛书。它汇集了我国自鸦片战争以来一百八十余年间的近百位民族英雄、仁人志士、革命领袖、先进模范人物的生动感人事迹,表现了他们作为中华儿女的伟大的爱国主义精神。

　　爱国主义是人们对于"生于斯、长于斯、衣食于斯"的祖国的一种神圣感情,是人们对于自己民族的一种强烈的责任感和使命感,是感召和激励整个中华民族的一面永不褪色的旗帜。在一百多年的中国近现代史上,爱国主义一直激励着中华儿女为祖国的独立、统一、进步和繁荣而英勇奋斗。从"苟利国家生死以,岂因祸福避趋之"的林则徐,到"我自横刀向天笑,去留肝胆两昆仑"的谭嗣同;从"铁肩担道义,妙手著文章"的李大钊,到"青春换得江山壮,碧血染将天地红"的赵一曼;从"县委书记的好榜样"的焦裕禄,到"问鼎长天,扬我国威"的邓稼先……都表现出了强烈的爱国主义精神。正是由于热爱祖国的人们前仆后继地奋斗,国家和民族才得以生存,才能够在一次次历史危急关头转危为安,走向兴盛和富强,从而屹立于世界民族之林。爱国主义是鼓舞中华儿女历经忧患、跨越沧桑、百折不挠、自强不息的伟大力量,它贯穿于中华民族的整个历史,并有力地凝聚着五洲四海的中国人。

爱国主义是一个历史的范畴,在社会发展的不同阶段、不同时期有不同的具体内容。革命时期,需要我们为祖国的独立自主出生入死;建设时期,需要我们为祖国的繁荣富强增砖添瓦。在全国各族人民团结一心,开启全面建设社会主义现代化国家新征程的今天,我们要争做一名新时期的爱国者。新时期的爱国者要有强烈的民族自尊心、自豪感。民族自尊心、自豪感是任何时期、任何爱国者都必须具备的情感。民族自尊心能增强我们自立向上的恒心,民族自豪感能树立我们建设祖国的信心。要树立"祖国高于一切"的崇高信念,为了祖国和人民的利益不惜抛却个人的利益,甚至不惜牺牲个人的生命。我们要树立终身学习的理念,拓宽自己的知识面,广泛吸收新知识、新技术,完善自身的知识结构,更新学习知识的方法与理念,从思想上、知识上充分武装自己,为祖国的繁荣昌盛贡献力量。

爱国主义思想的继承和发扬,是关系到民族盛衰、国家兴亡的根本问题。爱国主义思想情操的形成,需要不断地培养。培养爱国主义精神的一个重要途径是向英雄人物和典范事迹

　　学习和致敬。这套丛书的出版,对于青少年向英雄和先进人物学习,特别是对于在中小学生中进行爱国主义教育是不可多得的生动的教材。祝愿此书出版发行成功,为培养时代新人做出贡献。

胡维革

临阵不畏死，居官不要钱。

不以官爵为荣，只知捍卫社稷，不使外洋欺我中国为责任。

倘为国用，自宜竭力驰驱，不惜以铁血铸山河。

——刘永福

目　录

1917 年 1 月 9 日，我们伟大祖国的一个忠诚儿子，长眠在群山环抱、苍松挺立的钦州三宣堂内。钦州人民为了纪念他，特地将钦州县城内一条由北向南的道路命名为"永福路"。这个人就是我国近代史上赫赫有名的抗法英雄、黑旗军首领刘永福。在我国的广西及山水相连的越南北部地区，流传着许多关于刘永福及黑旗军的传说，歌颂他们英勇抗击法国侵略者的光辉事迹。

拓展阅读
TUOZHAN YUEDU

刘永福（1837—1917），字渊亭，广东钦州（今属广西）人，少年饱经磨难，建立黑旗军之后，在抗法战斗中使自身及黑旗军声名远扬，"纸桥大捷"后更是名扬中外，越王晋升刘永福为三宣提督，加封一等义勇男爵。法军称刘永福为"我们惧怕的唯一敌人"。越南人民誉其为"北圻之长城"。"刘二打番鬼，越打越好睇"的民谣从此传播。

——屡败法军逞英豪
——黑旗军将领刘永福

创建黑旗军

1837年9月11日，在广东（现改属广西）钦州古森峒小峰乡的一个贫苦农民的家庭，有一个男婴呱呱坠地，来到人世间，他就是本书的主人公——刘永福。从此开始了他的艰难坎坷的人生旅途，也揭开了他那充满传奇色彩战斗历程的序幕。

由于生活所迫，只有13岁的小永福便到滩艇上当佣工，以博取衣食，减轻家里的负担。在这种出没波涛的水上生涯中，他经历风雨，增长见识，锻炼体力和胆识。同时，工余时间，在父亲的指点下，他学习拳棒技艺，逐渐练成一身好武艺。

在刘永福17岁的时候，经受不住生活煎熬的母亲和父亲相继在贫病交加中悲惨地去世了。刘永福变卖了所有的家产，才勉强料理好丧事，这时的他除了自身之外，已别无他物，连个栖身的地方也没有，只好暂时借邻乡高凤村陆二叔家的茅舍居住，依靠每日打渔采樵换取衣食，就这样，苦苦地又度过了三年。

在这期间，刘永福认识了邻村一个名叫王者佑的

三 宣 堂

　　三宣堂建于清光绪十七年（1891），是钦州市现存最宏伟、最完整的清代建筑群。三宣堂占地面积22 700多平方米，建筑面积5 600多平方米，大小楼房119间。除主座外，有头门、二门、仓库、书房、伙房、佣人房、马房等一批附属建筑以及戏台、花园、菜圃、鱼塘、晒场等设施。头门临江向东，有醒目的"三宣堂"大字匾额。

　　刘永福在越南抗法战争中屡立战功，被越南王封为三宣提督，主管越南宣光、兴化、山西三省军事，其故居则据此命名。

　　三宣堂的防卫设施最具特色，整座建筑像一座巨大的碉堡，有炮楼，有围墙。头门至二门30多米的通道，二门与主座之间的开阔地带，均受到炮楼和楼房的火力控制。

　　这座城堡式的府第，据说是为了防备法国侵略者派来奸细的侵袭和当时官场的敌对势力加害而精心设计的。

人，此人能文能武，见闻甚广。刘永福在和他的交往中，不仅学会了武艺和识字，也多少知道一些历史上和现实中发生的农民起义情况，在思想上和起义者产生了共鸣。生活上的走投无路和思想上对古今农民英雄的朦胧向往相结合，他衍生出一种外出另找生路的念头。于是，刘永福决心离乡出走投身农民军，靠一刀一枪另闯生活道路。

就这样，1857年，刘永福和乡人在迁隆投入以钦州那良人郑三为首的一支农民军中。自从参加农民军以来，刘永福作战勇敢机敏，屡建奇功，平时对义军兄弟热情相待，乐于助人，深得人心。但是，由于刘永福自己没有一支武装力量，所以，几年来，他总是仰人鼻息，寄人篱下，无法实现自己使广大穷苦兄弟脱离苦海的抱负，觉得很对不起同甘共苦的兄弟，心里非常不是滋味，他常常陷入忧郁、苦思冥想之中。最后，刘永福终于决定率领自己最亲信的义军兄弟另寻出路。

于是，1865年，刘永福率部下二百多人来到安德圩，投奔以吴亚忠为首的反清起义军。

这一天，安德圩吴亚忠军营里，旌旗招展，鼓乐齐鸣。吴亚忠亲自率领义军大小头目迎接刘永福。双方相互介绍寒暄过后，刘永福对吴亚忠说："我带了这

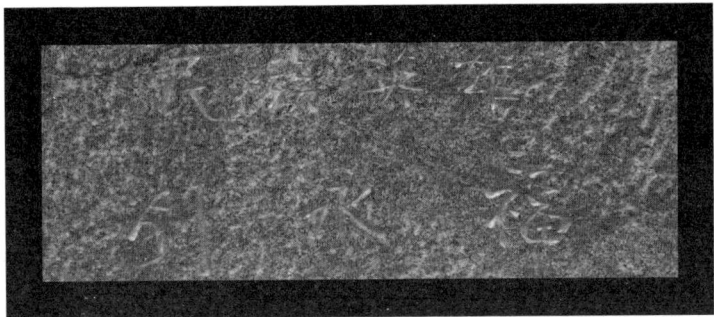

么多兄弟来投靠你，给你增添负担了。"刘永福这样说，是带有投石问路用心的。

"久闻刘兄机智勇敢，多谋善策，是难得的人才，况且现在正是用人之际，有刘兄及众兄弟的加入，我们反清大业成功之期指日可待"，吴亚忠意挚情真地对刘永福说。这非常出乎刘永福的意料，他半悬着的心这才落了地。

为了表示对刘永福的信任，吴亚忠让刘永福指挥自己带来的队伍，他对刘永福说："这二百多个兄弟，既然是由你带来的，以后就由你全权指挥，其他任何人都不得插手。"

"那我就谢谢大哥的信任，以后我及众弟兄一定听从大哥的指挥，冲锋陷阵，血洒战场，在所不辞！"刘永福急忙回答说。

刘永福见吴亚忠以诚相待，深为感动，特别是对自己的人马，能够得以单独编制，由自己指挥，更是大喜过望。他终于实现了自己多年的夙愿。从此，刘永福有了一支由自己领导和指挥的部队了。

吴亚忠设宴为刘永福接风洗尘之后，便传令将安德圩白帝庙作为刘永福部临时驻扎的地方。刘永福回到白帝庙，将吴亚忠对自己的态度详细地向兄弟们作了介绍，大家听了都非常高兴。

"兄弟们"，刘永福环视了一下众兄弟，接着说道："从今以后，咱们就是一支独立的部队，应该有自己的旗帜，所以我想举行一个建军祭旗大典。"

大家听后都纷纷表示赞同，那么，用什么旗作为自己部队的标志呢？大家你一言我一语，开始议论起来，说什么的都有，方案五花八门，最后大家都将目

三宣堂内的黑旗军军旗

屡败法军逞英豪
——黑旗军将领刘永福

光集中到刘永福身上。

刘永福从大家期待的目光中，知道兄弟们是想听听自己的想法，更看到了兄弟们对自己的信任。于是，他抬起头，慢慢说道："我听说这白帝庙中周公手里的七星三角黑旌很灵验，不如按此旌放大制作一面，作为咱们部队的旌号。"

这一建议得到大家的一致赞同。于是，大家商定，等部队一切安顿好之后，即选择一个黄道吉日，举行建军祭旗大典。

这一天早饭后，刘永福让人把白帝庙四周打扫得干干净净，一尘不染，并传令午饭后举行建军祭旗大典。午后的空气如同凝固一样，一丝风也没有，连树梢也纹丝不动，天空中虽然漂浮着几朵白云，可难以遮挡那火辣辣的阳光，直射而下的阳光使得天空好像在下火一般。

随着一声号角划过沉闷的天空，白帝庙前顿时人

声鼎沸，一队队义军在庙前分两厢站立，个个精神抖擞，斗志昂扬，刘永福气宇轩昂地站在庙前台阶上，他双目炯炯有神，直视前方。他身后竖起一面崭新的三角黑旗，旗面正中央绣着一个斗大的"刘"字，"刘"字四周绣有北斗七星，边沿镶着狗牙形的白边。

歃血为盟的建军祭旗大典，在一片锣鼓声和欢呼声中开始了。刘永福走下台阶，与前排兄弟一一握手，并不时地向后排兄弟拱手示意，然后又重新回到原来的位置，他从腰间拔出一把锐利的尖刀，割破自己的食指，殷红的鲜血滴滴答答地流入盛有米酒的大碗之中，数百名义军兄弟也一一照做。

盛典正在举行之时，突然，天空中乌云密布，狂风骤起，随着一声巨雷响过，大雨倾盆而下，刘永福和义军兄弟们毫不介意，他一扬头，将混着鲜血与雨水的米酒一饮而尽，随后众兄弟也都纷纷照做。这样，歃血结盟祭旗大典在大雨中结束。从此以后，刘永福正式将自己的部队称为"黑旗军"。

刘永福建立了黑旗军，决心将它训练成一支精良队伍，作为吴亚忠义军部队中的骨干力量。因此，他平常对部下管束很严，要求他们勇敢杀敌，不准骚扰百姓。黑旗军战士，大多是贫苦农民，素质很好，在刘永福的领导下，经过几次战火的洗礼，愈战愈勇，愈战愈强，成为一支极富战斗力的部队。同时，刘永福也从一个普通的农民义军士兵，逐渐成为一个比较成熟的军事指挥员。

刘氏家庙　刘永福任职广州时建造

出身贫苦，纯孝憨直

刘永福祖籍广西博白县东屏乡富新村。有年天大旱，生活无着，其父、叔迁徙钦州古森峒小峰乡，以农耕兼小商为生。因家穷，其父至40岁，才娶邻村已有一子的妇女为妻，次年生下永福。

刘永福天资聪慧，5岁知道把沟里的鱼钓回家，不足10岁就帮父母干活或给人打短工。刘家家境贫苦，一家人终岁勤劳也难以维持温饱。为了帮补家用，刘永福13岁时即正式外出赚钱，到河滩上做船主佣工。到15岁时，被雇为滩师（行船引航员），常坐在船头熟练指挥船只穿过险滩，博得船主一致称赞。刘永福还从父亲那里学得了一身好武艺。

17岁时，父母和与他们共同生活的叔父先后死去。刘母先死，靠着村人的资助，才买到一副薄板棺材；等到刘父去世，就以床板拼成棺木殓葬；年末叔父又死，只有以木屑垫坑，草席裹尸。三场丧事办完，刘永福已是贫无立锥之地的穷汉子了。

刘永福青年时代，依靠堂兄弟在平福开荒种地过活。尽管永福身强力壮，膂力过人，但仍赤贫如洗，无法糊口。

虽然家境贫苦，但这也造就了刘永福纯朴憨直的个性。他天性纯孝，稚龄时就懂得孝顺父母，友爱弟兄。据记载，刘母亡时，"永福立坟场，博膺而号，遂晕"。刘父死后，永福号哭："天乎，我今更为无父之人矣。"以后，刘永福的处境稍为改善，就惦记着要为父母叔父迁坟造墓。

寒微的出身也使得刘永福为人刚直，不善拉扯和吹拍，虽然由于抵抗外敌侵略有功的缘故，他得到张之洞、谭钟麟等官员的赏识和提携，但他毕竟没有关系深厚的靠山和后台，这就使他的官宦生涯充满了坎坷和风险。

"黑虎将军"

艰苦的生活，磨炼了刘永福的意志，也使得他十分痛恨欺压贫苦百姓的地主恶霸和贪官污吏。

19世纪中期，广西境内的农民起义风起云涌。刘永福看身边的农民兄弟纷纷拿起武器打出了一片天地，他也热血沸腾："大丈夫不能为数万生灵造福，已觉可羞，况日夕稀粥以充饥，尚不能继，又焉可郁郁久居此乎！"这话意思是说，大丈夫不能为万民谋福利，已经是一种羞耻了，何况一天早晚都以稀粥充饥尚不能保证，又怎能这样长久地抑郁无为下去呢。

据说，那是一个清晨，刘永福上山打柴，劳作到中午疲惫不堪，便躺在山间的一块大石上睡着了。半梦半醒中，他似乎看见一位须发皆白的老者，和蔼地对他说："你是天上的黑虎将军啊，怎么能过这种碌碌无为的日子呢。"一觉醒来，刘永福愈加下定决心，一定要作出一番大事业。

这个"黑虎将军"的梦是刘永福自己传出来的，他这样显然是要借神鬼之言来树立自己的威望，但也说明了他年少有志，雄心万丈。

"黑虎将军"的故事越传越广，加之刘永福疾恶如仇、武艺高强，他在当地百姓中也就逐渐成了一个与众不同的人物。终于，1857年的一个夜晚，20岁的刘永福召集了同伴们，开始商量投军大计。

这时的刘永福已经很得同伴的推崇，成了众人中的主心骨，这次他终于下定决心要驰骋疆场，说起话来便是慷慨激昂："我们有的是力气，但是无地可耕，时常挨饿，还要受恶霸的欺凌、官府的压迫。不是我有心造反，而是世道不平，逼得人不得不反！"

他越说越激动，用拳头向桌子上重重一击，斩钉截铁地说道："我们投靠义军去！"

同伴们早就群情激愤，纷纷附和："你是黑虎将军，我们都听你的！""活不下去了，投义军去！""你是黑虎将军，我们跟你走！"就这样，刘永福和伙伴们下定决心，要投靠义军。

建设保胜根据地

　　太平天国革命失败后，清政府调集大军来广西镇压天地会起义军。1867年，清军围攻吴亚忠根据地安德圩，起义军势孤力薄，粮械奇缺，刘永福率部被迫离开吴亚忠，进入越南六安州。不久，刘永福消灭了盘踞在此地的巨霸盘文义。而越王也曾派兵攻打盘文义，都未奏效，所以当刘永福杀了这个罪恶累累的家伙之后，越王非常感激，封刘永福为七品千户，并将六安州交给刘永福管辖。从此，刘永福在越南有了立足之地，他所领导的黑旗军也由原来的农民起义军逐

三宣堂内景

屡败法军逞英豪
——黑旗军将领刘永福

三宣堂内景

步演变为一支既区别于官军又与义军性质不一样的特殊队伍。

1869年的一天，许元彬来访。许元彬是先于刘永福来到越南的一支农民起义军领袖，后来他积极支持和帮助刘永福消灭了盘文义。酒酣之际，许元彬说道："六安州虽是个好地方，可比不上战略要地保胜"。

"请兄弟详细谈谈保胜的情况"，刘永福急忙说道。

"保胜历来是兵家必争之地，它与广西、云南相毗连，战则可进，退则可守，而且地面宽阔，大有回旋余地"，许元彬不慌不忙地说着，刘永福不住地点头。

"同时，保胜要道多，可设关立卡，收税聚钱，以供军饷"，许元彬接着说完。

刘永福觉得许元彬的话很有道理。但许元彬又告诉他，保胜已为一个叫何均昌的占领，何均昌原是个普通越民，依仗了外国势力，又会几句外国话，便在保胜占地为王。刘永福听后，拍案而起，愤愤地说道："越南老百姓，受洋鬼子之害已经不浅了，怎么还能让这些认贼作父的奸刁之民横行霸道？我定要除此奸佞之贼！"

刘永福说到做到。经过一番筹划，刘永福留下部分黑旗军将士留守六安州，自己则率领大部人马直抵保胜，将何均昌打得落花流水，何军乖乖地退出保胜，刘永福顺利地占领了保胜。

来到保胜之后，刘永福把自己的全部精力花在根据地的建设上，因刘永福经过十多年的磨炼，终于领悟出一条真理：要成大业，非有自己的立足地不可，否则

形同流寇。于是，他决定长期驻兵保胜，锐意经营保胜。

刘永福经过多次考察并与大家商议之后，决定以红河为界，东边称保胜省，西边叫谷寮省，省下设州，州下设里，村设甲

黑旗军士兵

长，甲长负责收田粮，办案件，征夫役。担任这些地方政府的官员，大多是越南人。刘永福这样做，黑旗军许多将士非常不理解。刘永福耐心地对大家说："咱们对此地民情风俗不甚了解，难以治理地方行政事务，不如用越人治越地；同时，如果用咱们的人担任地方官，还会削弱黑旗军的战斗力。"大家纷纷点头称是。"当然，我们并不能对地方行政治理放任自流，还要对地方官进行监督"，刘永福进一步补充道。

为了保证保胜地方的安全，刘永福特地规定：凡进入保胜地区的外来人，一律凭他及黑旗军将领

签发的身份纸（即身份证）。所以，黑旗军驻扎保胜多年，没有发生过外来奸细混入保胜地区的重大事件。

如何解决兵饷呢？刘永福看到保胜地跨红河两岸，越南南来北往的货物都要经过红河，两岸人民的贸易非常繁荣，于是他决定设关立卡，抽捐收税。但这些钱还不足以维持黑旗军的军费开支。为此，刘永福找来一些黑旗军将士，共同商议。有人提出应当鼓励当地人民积极开荒种地，还有人建议黑旗军将士在进行军事训练的同时，屯垦戍边。刘永福认为这两条建议都合理、切实可行，所以都接受并采纳了。

保胜地区是丘陵地带，山多田少，居住在这里的老百姓大部分做小买卖，务农的很少。刘永福积极鼓励他们开垦种地，发展农业生产，还将自己青少年时代的种地经验毫无保留地传授给他们。对黑旗军开垦荒地，刘永福划范围、定任务，要求他们自食其力。黑旗军广大将士大多是贫苦农民，熟悉农活，不仅在保胜附近垦荒，还在其他驻扎的地方开垦生产。黑旗军士兵既勤劳，又聪敏，他们和保胜人民和睦相处，共同开发保胜，使保胜附近大片荒地变成良田。这样，不仅解决了保胜居民的衣食问题，而且还为黑旗军提

刘永福像

供了充足的军粮、军衣。

一天，附近几个农民来到刘永福军营里。刘永福见他们一个个神情忧郁，忙笑着对他们说："乡亲们，我知道你们来此一定是有什么为难事，你们尽管直说，我一定尽力想办法帮助解决，千万别客气。"

"将军，你们来此不久，对这里还不大熟悉，这里群山连绵，山中猿猴很多，经常成群结队下山活动，特别在秋收之际，活动更为猖獗，糟蹋农作物。为此，我们伤透了脑筋，可是还是没有办法。"其中一个年纪最长的人毕恭毕敬地说。

"所以你们就来这儿，让我帮助想一个驱猴的办

三宣堂内记叙刘永福生平的碑文

——屡败法军逞英豪
黑旗军将领刘永福

法，是不是？"刘永福接话道。

见大家一一点头称是，刘永福慢慢地说："乡亲们，你们种地非常不容易，我会尽快想办法解决这个问题。"

送走了这几个农民之后，刘永福立即传令下去，让大家想驱猴办法。没过几天，一个黑旗军士兵想出了一个办法，来向刘永福汇报。刘永福听后，脱口而出，连说："妙！妙！太妙了！"随后，派人把此方法告诉给广大农民，果然收到了预期效果。从此，这里的"猴害"便一去不复返了。

这种驱猴办法说来也很简单。那就是，在农作物收获季节里，在庄稼地里安上警铃，群猴一来，刘永福故居中，有一座著名的"拒贿亭"。

据说中法战争结束后，刘永福从越南带回一件珍奇的战利品——被黑旗军击毙的法军首领李威利的头发。法国人知道后，专门派人携重金到三宣堂企图高价买走这撮头发。刘永福不为重金所动，就在这个亭子里对来者严词训斥，那人只好灰溜溜地走了。

警铃叮叮当当响个不停，群猴听到响声，纷纷逃散。黑旗军士兵驱猴的佳话一时在越南百姓中广为流传。

刘永福深知，自己要在保胜扎根，首先要取信于民。而要做到这一点，必须整顿黑旗军的军纪和作风。于是，他与黑旗军将领一起商议，作出以下几条规定：

一、不得与百姓强买强卖；

二、不得私拿百姓财物；

三、不得调戏妇女；

四、不得吸食鸦片。

刘永福让人将这4条规定刻在一块木板上，钉在军营大门旁边的墙上。对上述规定，违者轻则处以军罚，重则要砍头示众。

刘永福精心建设保胜革命根据地，为他今后与越南人民并肩战斗，取得抗法斗争的伟大胜利，奠定了基础。

拒贿庭

英勇绝伦黑旗军

黑旗军初建时，总兵力只有数百人，刘永福为统帅，另有百余名大小首领。这队伍人数虽不算多，但个个都是跟随刘永福多年的兄弟，有丰富的作战经验，战场上能以一敌十，战斗力极强。

黑旗军训练有素，刘永福训练士兵十分严格，将十八般武艺有步骤地向士兵们传授。每一名教官都认真负责，精心传授；每一个士兵都苦练本领，持之以恒。刘永福还严格要求士兵要勇敢杀敌，遇有战斗，将领退则斩将领，士兵退则斩士兵。这些训练，使得黑旗军战斗力不断加强。

在战火的洗礼中，黑旗军不断壮大，逐渐远近闻名，令敌人闻风丧胆。作为义军的时候，清军都不敢与黑旗军交战，因为黑旗军"皆敢死"，"英勇绝伦，每阵争先"。一些地主团练企图用高官厚禄收买刘永福，将黑旗军编入自身武装，均遭到刘永福严厉的痛斥。

歼灭盘文义

刘永福率黑旗军初到六安州时，六安州有个当地土豪名为盘文义，他建立了数千人的武装，修建了许多堡垒，横行霸道，鱼肉百姓。

刘永福当时已决心在此建立自己的根据地，更想为民除害，于是他决定剪除盘文义武装。

盘文义根本不将刘永福及黑旗军放在眼里，调动了大批人马，准备将黑旗军一举消灭。刘永福料定盘文义会主动进攻，但敌众我寡，他几经思量，计上心头。他命手下连夜赶制竹签，在夜里将上万支竹签插入双方将要交战的旷野。

交战期间，黑旗军按兵不动，等待盘文义军到来后，点燃炮火轰击，同时一排排弓箭向其射击。盘文义的军马被突然袭击打乱了阵型，慌乱中，许多人被地上的竹签刺伤、刺死。黑旗军乘胜出击，大获全胜。刘永福接下来又派人收买了盘文义贴身的侍从，刺杀了盘文义，盘文义的武装就此彻底倒台了。

击退何均昌

刘永福率领黑旗军管辖六安州有两年之久，使六安州平平安安，老百姓非常感激黑旗军和刘永福。但是六安州地盘太小，地形也不险要，不是理想的根据地，于是刘永福听从建议，决定移军保胜，把保胜经营成为巩固的根据地。

经过一番筹划，刘永福留下部分黑旗军将士驻守六安州，自己则率领大部黑旗军，浩浩荡荡，开往保胜。

当时占据保胜地区的是一个叫何均昌的大恶霸，他听说刘永福率黑旗军要来保胜，急忙招兵买马，光在云南就花重金招兵三千人，连同原来军队总兵力达上万人。

何均昌自恃兵力众多，主动向黑旗军出击，企图阻止黑旗军进入保胜，但刚一交手，就被黑旗军打得大败。

何均昌主动出击失败后，改变战术，坚守营垒，整训兵马。刘永福也率黑旗军安营扎寨，进行休整，避免黑旗军将士在长途跋涉、疲累已极的情况下，与敌人打持久战。

不久，何均昌沉不住气了，自以为有取胜把握，便率军出来挑战。

刘永福见敌人前来挑战，黑旗军也已经休养得差不多了，便亲自骑着战马，手提大刀，率黑旗军与何均昌决战。

刘永福一马当先，冲入敌阵，"砍瓜切菜"一般杀了起来。黑旗军将士也人人奋勇争先，把何均昌的部队打得落花流水，攻破了何均昌的所有营垒。何均昌只好率领残兵败将，退出保胜，再也不敢到保胜来了。

治理保胜

在保胜地方政权建设方面，刘永福参照越南原有的行政体制，设保胜为省，省下设州，州下设里，里下设村，村设甲长，甲长负责收田粮，办案件、征夫役，担任长官的人，大多是越南本地人，但要受黑旗军的监督。

对于保胜地区少数民族，刘永福采取尊重各少数民族风俗和生活习惯的做法，派黑旗军保护他们，与他们做生意，也照顾他们，让他们获得一定的经济利益。

保胜根据地建立之后，刘永福大力整编黑旗军。一方面，他让黑旗军将士都把家属接到保胜来，同时也为未婚将士操办婚配成家之事，使黑旗军将士能够安心于根据地的建设。另一方面，他又鼓励黑旗军将士的家属开荒种地，种粮种菜，自食其力。同时，刘永福加强了对

屡败法军逞英豪
——黑旗军将领刘永福

黑旗军将士的训练，一方面督促将士们习练武艺；另一方面让将士们熟悉作战阵法，全军编制也井然有序。

黑旗军赏罚分明，军纪整肃，战斗力强大，越南朝廷把它看作是可依靠的武装力量。

抗 法 首 捷

19世纪60年代，法国侵入越南，并企图以越南为跳板，进而侵略中国西南边疆。1873年，法国侵略军头目安邺率军先后侵占河内、海阳、宁平、南定四省，随后又组织起一支15 000人的伪军，继续向北圻进军，妄图建立包括全越和中国西南各省在内的"法兰西东方大帝国"。

在法国侵略者大军压境、兵临城下的万分紧急时刻，越南政府立即派北圻督统黄佐炎前来保胜，恳切地邀请刘永福率领黑旗军前往河内抗法。刘永福早就耳闻目睹法国侵略者及其庇护下的越南人为非作歹、鱼肉百姓的劣迹，近日来，又听到法国侵

侵略越南的法军

——屡败法军逞英豪

——黑旗军将领刘永福

略者进攻北圻的消息，怒不可遏。所以黄佐炎一到，他立即热情地接待。当黄佐炎告诉他法国侵略军进攻北圻的有关布置安排，他问道："你们可曾向大清天朝求援吗？"

"我们屡次求助，均遭拒绝。"黄佐炎苦笑道。

刘永福听到此话，仰天长叹，随即便陷入沉默之中。

"刘将军，我这次来保胜，是奉吾王谕旨而来。"黄佐炎言辞恳切地请求说。

"越王有何打算？"刘永福反问道。

"邀请将军，同抗法国侵略军。"黄佐炎回答。

"中越乃属近邻，古人云，唇亡则齿寒，助越南，捍边疆，我刘永福就是赴汤蹈火，在所不惜！"刘永福字字似千钧，句句如金石。

"若是如此，我越南社稷可保，百姓能安，国运幸矣。"黄佐炎深为感动地说道。

送走黄佐炎之后，刘永福立即整顿兵马，准备进军河内。就在这时，吴凤典带领了一支中国农民起义军来投奔他。吴凤典是位英勇善战的猛将，刘永福大喜过望，亲自率众相迎。

接着，刘永福对黑旗军进行战前整编，委令吴凤典为先锋，自己则带领亲兵为先头部队。从保胜到河内，行程数百里，中间隔着越南境内最大的黄连山山脉，其中的宣光大岭，海拔3 100多米。刘永福率领黑旗军将士沿着荆棘丛生、坎坷崎岖的羊肠小道，星夜赶路，越山西，过丹凤，入怀德，翻过人迹罕至的宣光大岭，仅用了数十天时间，就出其不意地到达了河内城外。刘永福命令部队在城西十

三宣堂内描绘刘永福商议作战的图画

刘
永
福
像

里外的河内近郊安营扎寨。

夜晚，圆圆的月亮悬挂在天空。刘永福走出营房，来到军营内一处高地，遥望远处灯火点点的河内城，不禁沉思起来。这是自己与法军第一次对阵，是非常关键的一仗，只许胜，不许败，一定要狠狠打击侵略军的嚣张气焰；否则，在以后反法斗争中，自己将处于被动地位，甚至难以再立足于越地，同时也辜负了越王对自己的信任。就在这时，忽然有人报告，说黄佐炎到。

"刘将军果然言而有信，特别是来得如此迅速，让人难以想象。"一见面，黄佐炎就表示赞许。

"我们还是商量一下收复河内的作战计划吧。"刘永福一边说着，一边拉着黄佐炎走进营房。

"刘将军远道而来，还是先休息一下为好，至于作战计划，改日再谈吧。"黄佐炎没等坐好就说了起来。

拓展阅读
TUOZHAN YUEDU

济 民 仓

三宣堂内有一排10间占地1 500平方米的谷仓，据介绍常用于赈济灾民，当地人称其为"济民仓"。

"远亲不如近邻，近邻不如刘大人"和"年冬失收无须慌，肚饿去找三宣堂"的民谣一直流传至今。

三宣堂的粮仓里有一个竹制、圆鼓形的大谷篓，谷篓中间粗，两头略细。高2.6米，最大直径2.5米，可容纳谷物6 000斤，可称为世界最大的谷篓。由此也可见，刘永福当时储粮的数量之大。

——屡败法军逞英豪
——黑旗军将领刘永福

"你们的军队与法军相持很久，损失非常大，再也不能浪费一分一秒的时间了"，刘永福没让黄佐炎再往下说。"我已经决定了，这一仗我率黑旗军为前阵，你部做后援，并负责军粮饷械的供给"。

黄佐炎带着对刘永福的感激、信任和敬重，离开了黑旗军的军营。中越两国人民团结战斗，保家卫国的反侵略战斗序幕揭开了！

1873年12月21日，安邺亲自率兵出城挑战。骄横跋扈的安邺虽也听说过刘永福和黑旗军的名字，但这个双手沾满中越人民鲜血的刽子手，从来也不相信刘永福及黑旗军像传说中的那样英勇无敌，在他看来，刘永福只不过是个流窜到越南境内的"东亚病夫"当中的一员，而自己兵多势众，粮

三宣堂内的粮仓

械丰足、精良。所以，他根本没把刘永福和黑旗军放在眼里，在两军阵前，他骑着高头大马耀武扬威，不可一世。

刘永福见状，不由得怒发冲冠，虎目圆睁，传令黑旗军将士出阵迎战，自己也扬鞭策马，直冲敌阵。黑旗军将士见主帅身先士卒，一马当先，个个精神抖擞，人人奋勇向前。战场上，顿时旌旗招展，尘土飞扬，枪声、炮声、肉搏声汇成一片。

安邺自从入侵越南一个多月以来，从未受到挫折，而且在以前的侵华战争中，他也见到过清军是何等的落后、腐败，是何等的不堪一击，因此认为黑旗军也不会比清军好多少。正在他得意忘形之际，法军已经抵挡不住，开始节节后退。这时候，安邺吓懵了，叹道：黑旗军果然英勇，真是名不虚传。不甘失败的安邺打死了几名逃得最快的法军士兵，企图阻止他们后退，以挽救法军的

三宣堂有世界最大的谷篓

失败，可这时的法军已溃不成军，无心再战。

安邺尝到了刘永福和黑旗军的厉害，被迫传令撤军，法军惊魂未定，如丧家之犬，夺路奔逃。看到如此情

景，刘永福立即传令黑旗军将士停止放枪，改用大刀长矛，与法军展开肉搏战。只见刀光剑影，人喊马嘶，响声震天，黑旗军将士越战越勇，猛杀猛砍，法军死的死，伤的伤，哭爹喊娘，抱头鼠窜，乱作一团。侥幸逃出阵地的侵略军争先恐后地拼命向城中逃命，真恨不得再长两条腿。安邺更是吓得魂不附体，一面强装镇静，指挥残余部队撤回城中，一面提心吊胆，带着几名亲兵随后压阵。就在法军乱哄哄地挤在城门口的时候，刘永福指挥乘胜追击，再歼敌近百人。

眼看败局已定，安邺再也无心指挥部队，决定"三十六计，走为上"，主意已定，可转念一想，如

果就这样逃跑，必然会被黑旗军认出来，于是他立即丢掉头盔，脱掉帅服，企图混在法军士兵中，逃之夭夭。可这一切被离他不远处的吴凤典看在眼里，刚才还见安邺趾高气扬，气势汹汹，如今却成了惊弓之鸟，吴凤典气不打一处来，心想明年的今天就是你的祭日，于是催马扬鞭追了上去，在安邺刚刚逃到离城门口不远的地方，吴凤典飞骑追至，大喝一声："哪里逃！"随着话音刚落，大刀猛地一挥，只见一股鲜血喷溅而出，安邺的人头滚落马下，这个双手沾满中越两国人民鲜血的侵略者，终于得到了应有的下场。

这一仗，黑旗军大获全胜，歼灭法军和伪军数百人，缴获了大量军械，并迫使法军退出河内。刘永福在首次抗击法国侵略者的战斗中，取得了辉煌的胜利，延缓了法国北侵北圻的计划，打乱了法国入侵中国的时间表。中国人民称赞

黑旗军与法军作战

法国铜板画，表现的是罗池之战中，安邺被黑旗军包围即将被割去头颅的瞬间。

刘永福和黑旗军此举"为数千年中华吐气"，越南人民盛赞刘永福和黑旗军为"北圻长城"。

随着法国侵略的加紧，抗法斗争日益成为中越人民的首要任务，因此，刘永福黑旗军的地位也日益重要。中、越王朝为了利用黑旗军抗法，分别授予刘永福官职。1867年，越南政府感谢黑旗军的支援，授刘永福八品百户，后又授兴化、保胜防御使及三宣（即兴化、山西和宣化）副提督职，管辖山西、兴化、宣光三省，从此，刘永福辖红河两岸三省地方，控制了沿红河进入中国的通道。1870年，时任广西提督冯子材曾授刘永福蓝翎功牌数枚、木质关防一颗。1875年12月，清政府又授予刘永福四品顶戴。

　　面对中越两国人民的称赞与爱戴，面对中越两国政府的奖赏与信任，刘永福在感到欣慰的同时，感到自己肩上的担子更重了，黑旗军在未来的岁月中责任更大了；他深知自己和黑旗军将面临更为严峻的挑战，还有千辛万苦要克服，还有千难万险要跨越；他决心带领黑旗军誓死保卫北圻，与法国侵略者决战到底。

当年战场上的指挥处

屡败法军逞英豪
——黑旗军将领刘永福

黑旗军援越背景

刘永福举义之日，正值越南多难之秋，内忧外患，国无宁日。

法国侵略者妄想把越南变成其殖民地，采用蚕食鲸吞的手段，不断发动侵略战争，强迫赔款割地。

1867年法国侵略者强行侵占了越南的南半部之后，就疯狂地发动对越南北部的进攻，妄想灭亡越南，进而从西南入侵中国，建立一个所谓"伟大的法兰西东方帝国"。

那时，越南阮氏王朝政令酷虐，民不聊生，田园荒芜，衰微破败，面对法国的侵略，只好采取屈辱求和，妥协投降的态度。

1873年11月，法国殖民主义急先锋堵布益企图以武力打通红河，搜刮我国云南矿产资源、开辟进入西南腹地新商路的阴谋受阻后，法国当局派安邺带兵180名和两艘炮舰于11月20日晨突然轰击河内，越南总督阮氏知方奋起抵抗。

但武器差劣，士气不振，不堪一击。

法国侵略军配备有最新式的精良武器，诸如来福快枪、卡乞开司机关枪、开花弹大炮等。安邺命令轮流开机关枪扫射，发炮轰击城墙。阮知方的儿子阮林在城头被炸毙，阮知方受伤被俘，拒医绝食而死，以示不屈。

越南迫不得已，派人分别往谅山和保胜请求清朝政府出兵援助。但清军无动于衷，只有刘永福见义勇为，挺身抗暴。

纸桥扬威名

法国侵略者决不会甘心自己的失败，经过约十年之久的筹谋策划，1881年7月，在法国政府新任首相茹费理的操纵下，迫使议会通过了240万法郎的侵越军费，并于1882年3月，

派军攻陷西贡、河内。随后，命令交趾支那海军舰队司令、海军上校李威利，率领由400人组成的"海上陆战队"，大举进攻越南北部地区，妄图打通红河，紧逼中国。

狂妄自大、不可一世的李威利扬言，要为安邺报仇，悬赏一万元捉拿刘永福，悬赏十万元攻取黑旗军根据地保胜。由于越南政府的无能，法国侵略军长驱直入，在占领河内之后，又侵占了富庶的南定省。越南北部再次告急，阮氏政府被侵略者的嚣张气焰吓昏了头，越王阮福坩听说李威利来势凶猛，攻城略地，势不可挡，而越军节节败退、急于奔命的消息时，担心危及自己的王位，正在他忧心忡忡、冥思苦想，而束手无策之际，忽然眼前一亮，他想到了刘永福，想到了黑旗军。于是，越王立即命令黄佐炎，再次邀请刘永福出兵相助。

驻扎在保胜的黑旗军将士对法国侵略者的狂妄计划和李威利的海口狂言，早已愤愤不平，跃跃欲试，接到黄佐炎带来的越王邀请书后，立即派人火速向正在国内钦州故乡拜山扫墓的刘永福报告。同时，越南谅州巡抚梁竹辅也派人飞带文书去见刘永福。

刘永福听到报告，感到事情重大、紧急，谢绝了父老乡亲的再三挽留，快马加鞭，飞速赶回保胜。一到保胜，他不顾旅途劳累，急忙传令下去，将原来散驻在北圻各地的黑旗军将士调回保胜。在短短的几天内，各路人马齐集，刘永福立即率部自保胜由水路经三圻，直抵山西，驻扎在山西前线，与黄佐炎部相呼应。

黄佐炎听说刘永福率黑旗军赶到，既感到高兴，又感到紧张。因为，李威利率领的法军之所以攻陷红河下游一带，直趋北圻，完全是他奉行投降路线的结

位于钦州市的刘永福塑像

果。他深怕刘永福问罪于他，所以，两人一见面，没等刘永福开口，他就急忙恭敬地说："刘将军可真是越南人民的大救星，此次抗法的重任又要落到将军和黑旗军将士的肩上了。"

以大局为重的刘永福，强压住胸中的怒火，郑重地说："战局既已如此，你我只有同心协力，才能赶走来势汹汹的法国侵略军。"黄佐炎唯唯称是，两人随即商量反攻计划。

李威利正在准备进攻山西之际，突然有人报告，说刘永福已率黑旗军抵达，不由得暗自吃惊，倒吸了一口凉气。心想，刘永福能在这样短的时间里，调集好各地部队，绝非等闲之辈。他本来听说刘永福回家祭墓拜山，黑旗军又散落各处，一时难以调集，所以，

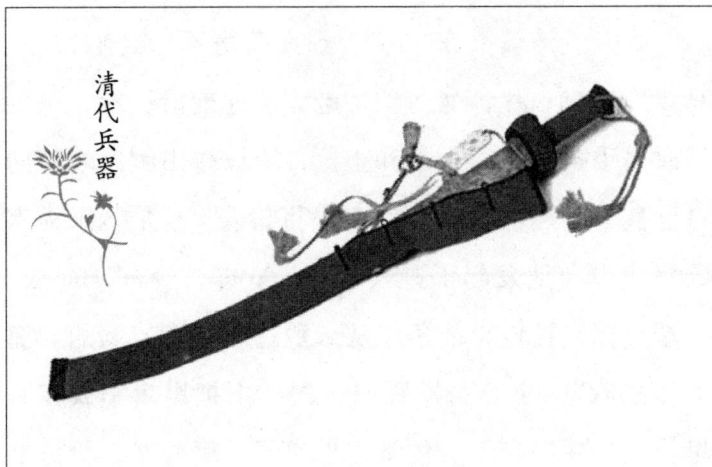

清代兵器

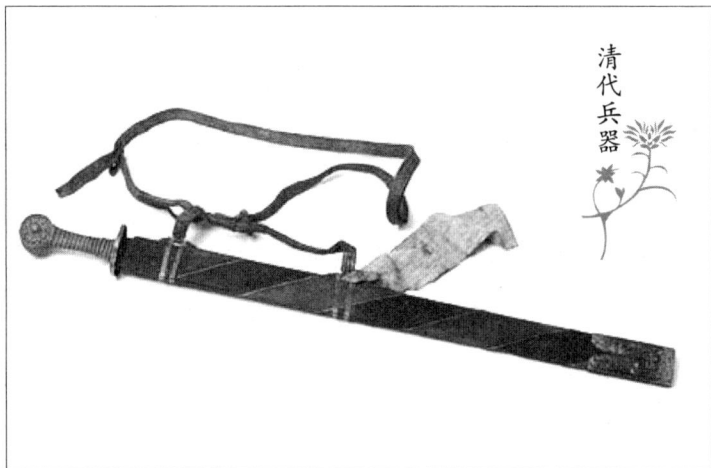

清代兵器

想趁此大好时机攻取山西。因为他知道，在他们对越南进行殖民侵略战争过程中，将遭到真正坚决抵抗的，不是越王朝军队，也不是所谓的援越清军，而是越南人民和刘永福领导的黑旗军。如今黑旗军已到，他有了一种不祥的感觉，心情顿时沉重起来。

第二天清晨，李威利听到离营房不远处呐喊声、马嘶声连成一片，匆匆忙忙赶到阵地前沿一看，只见黑旗军手执大刀、长矛和土枪，正以排山倒海之势向自己兵营驻地冲杀过来。李威利知道，这是刘永福率领黑旗军向他发起了进攻，于是立即传令部队迎战。两军交锋，在侵越战争中从未败过阵的李威利的"海上陆战队"，十分骄横跋扈，根本不把黑旗军放在眼里，但是一经交手，便觉得黑旗军秩序井然，枪法准确，刀剑技术娴熟，不由得纷纷向后退缩。刘永福见法军后退，立即拍马冲到阵前，高声喊道："兄弟们，冲啊！"挥刀向敌人猛扑。法军顿时溃不成军。李威利见势不妙，传令退兵，刘永福乘胜追赶，黄佐炎也率部来助战。经过几天反复交锋，李威利被迫退出山西，最后只好龟缩到河内城里。

随即，连续3天，刘永福率领黑旗军各营进攻河内城，但由于没有攻城利器，所以都没有什么成果。

就在双方相持不下的时候，第二次组阁的茹费理再次向议会提出，要求增加侵越拨款550万法郎，派遣铁甲舰一艘，炮艇两艘，鱼雷舰六艘，运输舰三艘，装运军队1 800人前往越南。不久，法国议会通

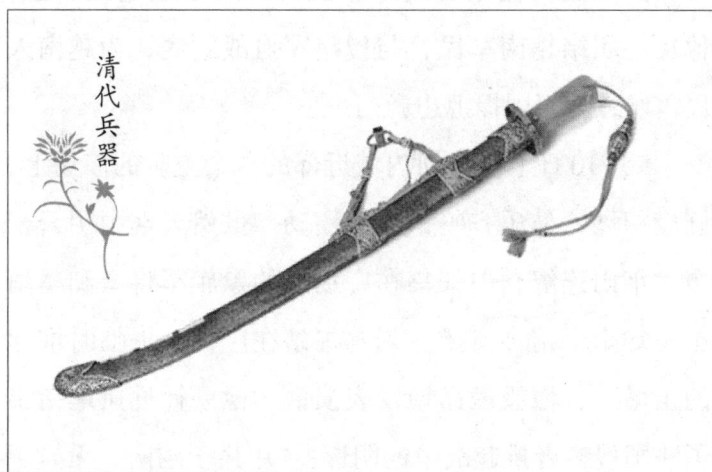

屡败法军逞英豪
——黑旗军将领刘永福

清代兵器

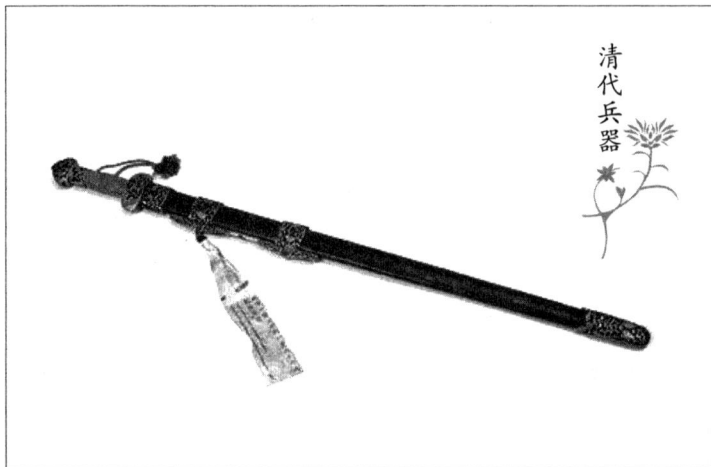

清代兵器

过了这一提案。所以西贡总督沁冲指示李威利固守待援，不要轻易出兵。而吃了败仗的李威利在这时变得谨慎了，认为自己只宜坚守，不宜出击，因而决心固守待援。

面对法国侵略者的严重挑衅，刘永福毫无惧色，他决心团结越南军民，与侵略军血战到底，为越南人民雪耻，为祖国捍卫边疆门户。

5月10日上午，河内城近郊的一个空旷的广场上，旌旗招展，鼓乐齐鸣，人头攒动。虽然天空中阴云密布，细雨连绵，但聚集在广场上的黑旗军将士和越南军民却个个精神抖擞。刘永福站在广场中央临时堆起的土墩上，慷慨激昂地发表演说。他一针见血地指出了法国侵略者挑起战争的阴谋："用兵于越南，无异于用兵于中国。"在历数了法国侵略者入侵越南以来的一系列滔天罪行之后，他坚定地说："如今法国人受到重创，是老天爷对他们的惩罚，若其悔过退师，此事就此罢了，不然，永福与他们势不两立。"最后，刘永福满怀激情地表示："永福作为中国广西人，当为中国捍卫边疆；身为越南三宣副提督，当为越南削平敌寇。"刘永福的话情真意切、掷地有声，使聚集在广场上的

刘永福像

黑旗军和越南军民振奋不已，他们齐呼：

"捍边疆，保家卫国，我们万死不辞！"

"除法逆，并肩杀敌，我们义无反顾！"

这声音，如响雷滚过长空，似闪电划破阴云，在蜿蜒起伏的群山之中久久回荡着。刘永福的这次演说，后来命人写成讨伐法国侵略者的战斗檄文——《黑旗军檄告四海文》。

余少小即钦慕我国民族英雄黑旗刘永福

孙中山

刘永福知道黑旗军擅长野战，而短于攻坚，因此早就和众将士商议："应当养精蓄锐，积极备战，不能随意攻坚，应当多方挑战，诱敌出城。"必须将法军诱出来野外，才能加以歼灭。为了激怒法军，诱其出击，刘永福派人趁天黑把挑战书贴在河内城的东南门上。

第二天一早，法兵发现挑战书，立即报告李威利，他急忙来到东南门，只见挑战书上写道："雄威大将军

兼署三宣提督刘，为悬示决战事。……尔法匪既称本
领，率乌合之众，与我虎旅之师在怀德府属旷野之地
以作战场，两军相对，以决雌雄。倘尔畏惧不来，即

屡败法军逞英豪

——黑旗军将领刘永福

宜自暂尔等统辖之首递来献纳，……倘若迟疑不决，一旦兵临城下，寸草不留。"看罢，李威利气得暴跳如雷，大喊大叫，但最终还是强压住怒火，命士兵严加防守。

刘永福见李威利没上当，又生一计，出兵夜袭河内城边的天主教堂。李威利占据河内后，又在教堂旁边修筑一座碉堡，驻兵一排看守。早在黑旗军攻打河内时，都预先被这两座建筑物的看守者发现，报告河内法军预作防备。因此，黑旗军要攻取河内，首先就要拔掉这两颗钉子。刘永福的这一行动，可谓一箭双雕。在一个伸手不见五指的夜晚，刘永福派前营督带黄守忠挑选劲勇200名，左营管带吴凤典率勇

100名，右营管带杨著恩率勇100名，趁夜前往攻袭。此战斩获教头3名，打死教徒数10名，最后放火焚烧教堂。

刘永福的诱敌之计果然奏效。李威利很恼火黑旗军夜袭教堂，因为这使法兵丧失了体面，他再也压不住心中的怒气，决定孤注一掷，逃出重围，而不再等候援军的到来，立即对黑旗军采取行动。

5月19日，东方刚刚破晓，黄佐炎派了一名将官，扬鞭策马，十万火急赶到怀德府的黑旗军驻地拜见刘永福，通知他黄佐炎得到河内城中越官密报，说法军准备在黎明时分倾巢出战。

刘永福闻讯，命令先锋杨著恩集合队伍，随着军

岑帅监督夜复北宁得胜图

在中法战争中，云贵总督岑毓英率军于越南与法军激战，收复北宁。

屡败法军逞英豪
——黑旗军将领刘永福

黑旗军使用过的火炮

营中嘹亮的军号响起，黑旗军将士们纷纷起床，打点行装，整理武器。队伍集合完毕，刘永福令杨著恩率领先锋营赶到位于河内城西二里处的纸桥下驻扎，派黄守忠领兵配合杨著恩，扼守从纸桥到黑旗军指挥部之间的大道，又命吴凤典率兵埋伏在路左为奇兵，自己则率亲兵往来指挥，各处接应。

早在战斗的前一天，刘永福就详细察看过纸桥附近的地形，权衡敌我双方的实力。认为法军兵多械精，自己人少械陋，若要强攻，取胜的可能性极小，于是决定智取。他苦思冥想，忽然，眼前一亮，计上心来，再次吩咐杨著恩如此这般，依计而行。

　　杨著恩到了纸桥后，见桥边有座关帝庙，于是将指挥所设在庙里，传令先锋营的士兵用带来的猪血和苏木水涂抹自己身体，士兵们不知情由，好似丈二和尚摸不着头脑，议论纷纷，但还是依令照办。纸桥在河内东北，是个繁华的小镇，房屋鳞次栉比，宜于隐蔽。杨著恩将先锋营士兵分为三队，一队守庙中，一队守庙后，自己带领一队士兵在大道上诱敌。

　　一会儿，法军大队人马已冲到纸桥东面，他们自恃人多势众，集中炮火轰击关帝庙。据守在庙前、

描写刘永福的连环画

> "人生在世，如遇极不难之事，何妨以难视之；即遇极难之事，当以不难视之。"
>
> ——刘永福《诫子书》

庙后的黑旗军先锋营不但没有还击，还主动撤出阵地。法军用望远镜细细观察，见庙门敞开，庙中没有任何动静，认定确实没有敌情，才壮着胆子前进，由副司令韦医率领过桥。杨著恩见敌中计，立刻传令士兵开炮，一枚枚炮弹呼啸而出，在敌军中落地开花，韦医和几个骑兵应声落马，法军这时才知道黑旗军早有防备，大惊失色，纷纷夺路奔逃，队伍立即混乱起来。

看到法军的狼狈样，李威利气急败坏。为了鼓舞士气，下令法军士兵在阵前喝酒壮胆，乘酒兴再向黑旗军发起进攻。又传令10人为一队，施放连环枪，枪声齐响，声如天崩，再次向桥冲过来。杨著恩见李威利亲自督阵，气势汹汹，佯装败退，命浑身涂满猪血和苏木水的黑旗军士兵横七竖八地卧倒在地。李威利不知有诈，还以为黑旗军抵挡不住而后退，脸上不由得露出几分得意之容，传令法军飞速追赶。

"轰、轰、轰"，突然间，黑旗军军营中发出三声炮响，惊天动地，震耳欲聋。原来卧倒在地上像"尸体"的黑旗军士兵，顿时生龙活虎地跳跃翻起，手挥大刀、长矛，向前猛冲，似削瓜切菜一样，杀得法军丢盔卸甲，人仰马翻。但时间一长，由于法军人数众多，装备优良，火力猛烈，多持土枪土炮、大刀长矛，仅有少量洋枪的黑旗军抵敌不住，只得向后退却。李威利见如此情景，便兵分两路，一路抄庙后，一路夺大道，夹击杨著恩一队，企图一举夺取关帝庙。为了驱使士兵为他卖命，李威利"老调重弹"，命令士兵席地拼命饮酒，用酒精来刺激士兵的神经，使他们醉醺

侵占越南的法军

醺、昏沉沉，壮胆冒进。

面对黑压压包抄上来的法军，杨著恩虽然寡不敌众，仍然镇定自若地指挥部队顽强抵抗。激战中，他的两腿中弹洞穿，但仍坐在地上继续指挥作战，开枪射击敌兵。后来他的右腕又中弹骨折，不能开枪，但他咬紧牙关，改用左手开手枪杀敌，先后击倒了十多个法兵，在打到第十三响时，不幸胸部中弹，壮烈牺牲。

杨著恩的牺牲是黑旗军的重大损失，十几年来，他跟随刘永福忠心耿耿，南征北战，东挡西杀，立下了汗马功劳，深受刘永福的器重和黑旗军将士的爱戴。他的牺牲，使刘永福和黑旗军将士们悲愤交加，决心为战友报仇，痛杀侵略军，用法军的头颅来祭奠死去战友的亡灵。

李威利击退了杨著恩的先锋营、攻下了关帝庙后，以为黑旗军也和被他打败的许多越南军队一样，在第一次抵抗被击破后，就会溃不成军，法军只要大胆向前推进，就可以大获全胜，于是，他得意洋洋地指挥部队，大摇大摆地向前推进。等到法军走到距离黑旗军设伏地点不到100米的时候，黄守忠率部英勇出击，双方展开了激战。正打得难解难分之际，隐蔽在大道左边村镇里的吴凤典伏兵，猛然开炮，黑旗军将士如冲出栅栏的野马一般，蜂拥而出，奋勇当先，越过干涸的水稻田，向法军阵中拦腰冲去，法军猝不及防，

黑旗军战士

被这突如其来的黑旗军吓得晕头转向，马上呈现一片混乱，一个个像没了头苍蝇一样，东奔西撞。刘永福抓住这一有利时机，传令黑旗军将士拼命向前冲锋，与敌军展开肉搏战。只见刀光闪闪，杀声

屡败法军逞英豪
——黑旗军将领刘永福

刘永福大破法军　清末年画

阵阵。黑旗军将士在刘永福的指挥下，同仇敌忾，越战越勇，像下山猛虎一般势不可挡。法军被打得丢枪弃械，溃不成军，死的死，亡的亡，逃跑的逃跑，投降的投降。

　　不甘就此失败的李威利，立即跑到法军的前列，企图平息自己士兵的慌乱情绪，但是，一颗子弹击中了他的肩头，他怪叫一声，扔掉手中的枪，摇摇晃晃站立不稳。这时，李威利身边的法军上尉连长雅关企图以自己的身子庇护他，也被击毙了。身受重伤的李威利见败局已无法挽回，就想上马逃跑，可由于流血过多，他浑身没有一点儿力气，他此时是多么希望有人帮他一把，他眼睁睁地看着自己的部下一个个从自己的身边跑过，可没有一个人向他伸出援助之手，不

当年的炮台

由得哇哇暴叫，破口大骂，可声音越来越小，终于被黑旗军生擒活捉。

黑旗军将李威利捉回怀德后，立刻斩首示众，这个横行一时的侵略者得到了应有的下场。法军曾遣越官前去游说黄佐炎，愿以三万两黄金赎回李威利的首级，遭到刘永福的严词拒绝。刘永福将李威利的首级到处示众后，装进一个漆盒里，埋在大路中央，使凡过路的人都得在上面践踏，以示轻蔑与侮辱，以解中越两国人民对这个血债累累、恶贯满盈的侵略者的心头之恨。后来，黑旗军撤离怀德，法军才去找回这个首级。

刘永福率领黑旗军将士在越南军民的有力支持和

屡败法军逞英豪
——黑旗军将领刘永福

配合下，仅用了3个小时，就大获全胜。这一震惊中外的纸桥战役，共击毙法军军官30多人、士兵200多人。纸桥大捷，不仅再次沉重地打击了法国侵略者的猖狂气焰，鼓舞了中越两国人民的斗志，也为中越两国政府中那些主战派提供了法国侵略者是可以打败的有力证据。

纸桥大捷，以少胜多，以弱胜强，刘永福战功赫赫，威名大震，越南阮氏政府任命他为三宣正提督，并加封义良男爵。刘永福集合黑旗军将士再次誓师，表示抗击侵略者是责无旁贷、义不容辞的责任，决心与侵略者血战到底。

当年作战使用的火炮

中法战争结束后，刘永福率军三千人入关回国，清政府下令将黑旗军裁减大半，只留一千二百人。1886年4月，任刘永福为南澳镇总兵。此后，黑旗军又被多次裁撤，最终只剩三百余人。

1894年7月，甲午战争爆发。因台湾地理位置重要，清政府命能征善战的刘永福赴台，协助台湾巡抚邵友濂办理防务。8月，刘永福率两营黑旗军赴台北，后又奉命移驻台南，所部增值八营，仍称黑旗军。次年反割台斗争起，刘永福被推为军民抗日首领，黑旗军在台湾与当地军民作战热血沙场，写下了可歌可泣的史诗。

《台战实纪》一书记述了刘永福带领所部黑旗军及台湾各族军民在台抗击日本侵略之史实，对于战事描写甚为翔实，文体具有新闻纪实性，不啻为一部轰轰烈烈同仇敌忾的台湾抗日史，具有极高的史料价值。

屡败法军逞英豪
——黑旗军将领刘永福

　　如《刘大将军战书》记："我刘某在台不要钱、不要命、不要官，但愿将士绅民同心戮力，宁可与倭人战而死，不可被倭人残害而死。"书中对战事记述颇详，又记："本月二十日起至二十三日止，台南刘渊亭(永福)大帅与倭兵接仗四次。刘军败有一，决亦只小挫。倭兵连败三次，其中二十三日一次最为失利。伤有倭舰四艘，陆兵数千。""十九、二十两日有倭舰数只攻打台南。""同日有倭兵数百督带土民二千余人由新竹县晋战。"《台站实纪》中记道："倭人于六月二十三日进攻大崁料，台兵御之。""六月二十八日有倭陆军一大队，记弁兵共五千人乘轮将抵台。""上月六、七、八等日，台军及本地各乡民团与倭人奋力交战。"《台站实纪续集》在其序言中记道："是书印成又得捷音，亟录之以冠首。"可见此书出版之时台战正酣。

067

屡败法军逞英豪

——黑旗军将领刘永福

广东朱霁云：五月初二倭犯攻打台南，刘帅假退三十里，倭兵直登岸。伏兵四起，散夫其地，不料伏兵回杀倭兵怒死倭兵杀十此方刬军战攻天下第一也。

凤山岩

倭兵大败全军复没

屡败法军逞英豪
——黑旗军将领刘永福

刘永福镇守台南大捷

永福镇守臺南會同生番大勝

刘大将军

刘大将军

黑旗戰兵

围 攻 宣 光

　　侵略越南是法国蓄谋已久的政策，绝不会因一两次失败而作罢，反而一再把战火烧到中国境内。清政府应越南政府请求而出兵援越。1883年12月，中法战争正式爆发。不久，刘永福接受了清政府的"记名提督"头衔，成为清朝官员。于是，他更加积极练兵布防，时刻准备着抗击来犯的法国侵略者，以解救越南人民，使其免遭亡国之苦；保卫祖国边疆门户，拒敌于国门之外。

　　1883年12月，法国侵略军由海军司令孤拔率领，分成两队，一队3 300余人，一队2 600余人，携带200多门大炮，500多辆载满弹药的车辆，乘坐12艘兵船，40多艘民船，从河内出发，直扑山西。

　　1884年10月，慈禧命令援越清军主帅岑毓英指挥在越的滇、桂两军及刘永福的黑

刘永福像

岑毓英像

旗军，抓住有利时机向法军进行反攻。这时，在越南北圻抗法战场上，清军分东西两个作战区域，各自为战。12月上旬，刘永福率领黑旗军从保胜昼夜兼程，赶到宣光城，配合西线的滇军向法军发起进攻。

黑旗军在离宣光城10里的琅甫总扎营之后，刘永福立即派人化装前去侦察宣光城情况。不久，侦察的人回来报告说，宣光城建在一座陡峭的山丘上，山脚下是近百米宽的明江。宣光城堡是一个每面300米长的正四方形，城堡前方，在一条已干涸的小河的对岸，有一座宝塔，法军将它作为前沿阵地，安设了一个哨所，用一条炮火不能及的深战壕沟通城堡与哨所相联系。在明江上停泊着舰艇，有战壕沟通江岸和城堡的联系。守城法军大约有两三千人。

刘永福听罢，倒吸一口气，心想这可真是一个易守难攻的阵地，如果法军只是坚守，而不出击，那在短期中很难破城。随后，刘永福前来拜见岑毓英，向他提出围点打援的主张，即是看准敌军驻守薄弱的地方，发起进攻，然后再各个击破，歼灭增援敌军。可岑毓英却拒绝了刘永福的建议，甚至还以刘永福不服从指挥为由，克扣黑旗军的军饷。为了顾全战争大局，刘永福不愿与他作无谓纠缠，竟自率领黑旗军来到宣光城，将部队分为东、南、西、北四路，把整个宣光城围得里三层、外三层，风雨不透，水泄不通。

驻守在宣光城内的法军，见城已被黑旗军四面包围，索性坚守不出，等待援军到来。可是两个月过去了，城中的粮饷眼看就要断绝了，饥饿笼罩着每一个法军士兵的心。惊恐之余，不甘坐以待毙的法军，几次想突围都被黑旗军一一击退。在死亡即将来临之际，有些法兵想了个办法，将求救信装入竹筒和玻璃瓶内，筒口和瓶口密封处插一面小旗，小旗上写道："有谁拾得此信，交

民族英雄刘永福
（1837—1917）

在陆丰市碣石镇，流传着刘永福和义犬的故事。

刘永福生性爱狗，也喜欢养狗，很长一段时间内，他总是养着一只伶俐过人的黑狗。

刘永福在中法战争结束后第二年，出任碣石镇总兵，不久，调任南澳镇总兵抗击侵占台湾的日寇。后来，因粮尽准备撤退，日寇首领传令：黑狗紧跟的那个人就是刘永福。情势危急时，黑狗突然引日寇而去，才使刘永福安全撤回大陆，二度出任碣石总兵。黑狗为滞留台湾的福永新收养，几经周折回到了刘永福身边。后来黑狗死了，刘永福在桂林村附近为它修建了"义犬冢"。

给法国全权大臣者，赏银百元。"然后，将这些竹筒和玻璃瓶抛入水中，企图顺流而下，让其他驻地法军士兵发现。然而，在一个偶然的机会，黑旗军将士拣获了这些竹筒和玻璃瓶。

刘永福拾获宣光守敌向外送的求救信后，断定离宣光不远的河内法军，不久定会来增援，于是决定在宣光城外打一场狙击战，以实现自己原定的围点打援计划。他四处察看地势，见城外沿河水的一面，是一个大茅坡，方圆数十里，荒草丛生，为入宣光必经之路，一个破敌之计很快在他头脑中形成。他命令部分黑旗军在坡地周围埋伏，坡地下面则埋下两万斤用木箱装好的炸药，在其上面造许多假坟以迷惑敌人。同时，还把竹子破开削尖，做成竹火箭安放一边。

1885年3月2日，不出所料，河内的大批法军果然来增援宣光。只见法军排山倒海而来，声势猛烈，刘

当年的宣光城

屡败法军逞英豪
——黑旗军将领刘永福

永福立即令先锋营出阵迎敌。两军大战一阵，黑旗军佯装抵挡不住，向后败退。增援的法军见黑旗军人数少，兵器差，所以没有产生怀疑，还以为得胜，便无所顾忌，数千人马一拥而进，向坡地冲来。见法军大多数进入伏击圈，站立于埋药之间，刘永福立刻传令埋伏在坡地四周的战士引爆炸药，点燃竹火箭。一瞬间，火药飞爆，轰天大响，势如崩天陷地，炸毙法兵两三千人；竹火箭齐射，又击毙法兵数百人。残余的数百法兵，一个个焦头烂额，呼天喊地，没有一个不挂彩的，如丧家之犬一般逃向河内，逃得慢的，均被黑旗军人马追上杀死。这一仗，黑旗军大获全胜，打死打伤法兵四五千人，并缴获大量法军军械。

河内法国侵略军头目，探得先锋第一队大队人马，已被黑旗军歼灭，吓得魂不附体。然怒气至极，像输了老本的赌徒一样，决定再派第二队人马六千，火速前往攻击，不惜一切援救宣光城内的被围法军。这时候，黑旗军的弹药已经严重不足，军粮、医药又十分奇缺，刘永福要求岑毓英拨给，遭到拒绝。当法国援军再度赶到宣光城时，刘永福只好怀着愤慨、惋惜之情，率领黑旗军被迫撤离宣光城。

近代名人对刘永福的评价

为数千年中华吐气。

——张之洞

将军英勇无比，堪称北圻之长城。

——越南北圻督统黄佐炎

刘永福的英勇气概实在是太神奇了！

——法国孤拔上将

真乃高人一筹，诸统领莫及焉。

——李鸿章

为越南之保障，固中华之藩篱，其功亦伟矣。

——彭玉麟

钦州渊亭，国之宿将！

——黎元洪

屡败法军逞英豪
——黑旗军将领刘永福

永　福　村

　　广州市沙河镇永福村的村名是为纪念刘永福而设，至于为何取名永福村，有两种传说：

　　一是，当年刘永福看见沙河涌东涌和西涌在此会合，有"二龙抢珠"之势，加上前有龙岗、后有瘦狗岭，风水好，就想在此建祠堂。附近有条小村叫石人窿，村民因争水，打伤了外村人，外村前来寻仇。

　　石人窿的人慌了，知道对方与刘永福相熟，就求刘永福调停。刘永福出马。外村人说："如果他们（石人窿村民）是你刘大人管辖的村民，那么，赔些汤药，我们就不再追究。"刘永福就说："这一带都是我管辖的村民。"于是，一场械斗被制止了。当地村民感谢刘永福，就把石人窿改名永福村。

传说二是，当时石人窿一带很荒凉，其他大村的无赖，常借口挖竹笋到村中捉鸡捉鸭，村民苦不堪言。有一天，一个村民正在耕田，被杨箕村一些不法之徒抢了牛。他找刘永福哭诉，刘永福就派人送了一个名帖给杨箕村的父老，限三日内原物送回。

　　杨箕父老连忙调查，发现确系村中几个赌棍所为，赶忙赔礼道歉。事后，刘永福说："按习俗，没有祠堂始终是外地人，受人欺负，不如我们凑份子建一间祠堂，凡是姓刘的都可以凑份子。"

　　当时沙河还有一些惠阳来的刘姓人家，一听十分高兴。于是，刘永福出大份，其余人出小份，建起了"刘氏家庙"。附近还有几个小村，也是被人欺负怕了，知道刘永福能保护老百姓，也纷纷把村名改为永福村。

屡败法军逞英豪
——黑旗军将领刘永福

收 复 临 洮

  1885年3月，按照岑毓英的布置，刘永福率领黑旗军开往临洮驻扎。当黑旗军在距离临洮十里之外的地方驻扎时，忽然为法军发现，法军自恃刚刚取得的一点战功，便得意忘形，命令洮城内数千法军立即进攻黑旗军，企图趁黑旗军立足未稳之际，将其一举歼灭。

  黑旗军驻扎刚刚完毕，忽然有一个士兵来到帅帐，向刘永福报告，说有一个自称武抗法的越南人前来求见。"武抗法，武抗法，好名字，这名字起得好"，刘永福自言自语道。随即对这个士兵说："快快有请。"

  不一会儿，刘永福见一个身着粗布的年轻人，迈着有力的大步走进帅帐。二人坐好之后，没等刘永

福开口说话，武抗法抢先说道："我叫武抗法，是临洮义勇团的首领，久闻将军英名，今日得见，用你们中国话来说，可谓三生有幸！"

"徒有虚名，愧不敢当，武老弟亲自光临，不知有何赐教？"刘永福反问道。

"想我越南大好河山遭到法寇践踏，广大黎民百姓身受法寇蹂躏，多蒙将军伸张正义，率领黑旗军援越抗法，痛击法寇，此乃我国人民之幸；我今日前来，是要和将军一道抗击法寇。"武抗法站起身来，激动地说。

"太好了，武老弟的到来，可谓雪中送炭，有你们的帮助，我们一定会把法寇赶出临洮城。"刘永福高兴地说。

1895年台湾独虎邮票叁拾钱、伍拾钱、壹佰钱 世界上第一套义军发行的邮票是刘永福黑旗军1895年在台湾发行的"独虎图"。

1895年台湾独虎图邮票红色伍拾钱十五枚方连

"将军，您吩咐吧，我这一千来号兄弟一定听从您调遣。"武抗法听罢，高兴地表态。

刘永福点了点头，沉思了一会儿，慢慢说道："我们的对手，非常顽固，而且兵多械精，所以我们只可智取，不可强攻。"随后，二人共同分析了形势，制定了智取的军事计划。在武抗法临走之前，尽管自己的军饷、器械捉襟见肘，仍然决定拨出部分去援助义勇团，这令武抗法非常感激，正是这共同的抗法大业，使武抗法与刘永福"情同手足"，使义勇团与黑旗军心连着心。

这是一个没有月光的夜晚，黑暗笼罩着法军军营。四处没有丝毫声息，死一般的沉寂。战斗了一天的法

兵，疲惫不堪，在匆匆吃过晚饭后，一个个便东倒西
歪、横七竖八地躺着，有的甚至抱着枪支呼呼入睡，
法军营地里鼾声一片。就在他们做着庆祝未来胜利美
梦的时候，忽然间，军营四周，人声嘈杂，喊杀声震
天。法兵从睡梦中惊醒，只见军营不远处的大路上，
火把成龙，快速游动，亮如白昼，黑旗军军旗随处可
见。星罗棋布的村舍里，传来阵阵汉语的呐喊声："杀
呀！杀呀！"看到这番情景，法军登时乱作一团，个个
胆战心惊，无心抵抗，纷纷跑出营房，夺路奔逃。慌
忙之中，有的法兵丢掉了鞋子，有的法兵没了枪支。
然而，兵营四周已被黑旗军团团围住，大路两旁又有
黑旗军扼守。法兵知道，此时再不突围，只有死路一

屡败法军逞英豪
——黑旗军将领刘永福

广州能仁寺山门外的『虎』字石刻景

T拓展阅读
UOZHAN
YUEDU

能仁寺位于白云山风景区的山顶景区内，清代建筑的能仁寺已毁于民国年间，现能仁寺是1994年新建，保留古貌，又具有现代色彩。

新建的山门外有一处"虎"字石刻景，比人还高、造型奇特。1902年，刘永福任广东碣石镇总兵，相传这个"虎"字就是刘永福题写，他还注解道："昂头天外，寓目寰中"，点明了"黑虎将军"的英雄志向。

条，而要逃命，只有兵营后面有座小桥，过桥有条小路，法兵便争先恐后拼命朝此方向奔逃。他们忘记了法兰西帝国的尊严，忘记了自己平常在越南人民面前的作威作福、横行霸道，忘记了一切的一切，在他们的脑海中只有一个念头：逃命。

黑旗军士兵从哪里来这么多？原来，经过连日来的苦战，黑旗军伤亡很大，能够参加作战的人数大减。为了造成敌军错觉，刘永福与武抗法商议后，决定将临洮义勇团扮成黑旗军将士，并教他们在拼杀中的简单汉语，使法军看到黑旗军人多势众，不敢交战，造成心理上的恐怖，然后再分而歼之。这一招果然奏效，惊恐中的法军根本没有识破这一点，他们把义勇团当作了黑旗军，当作了势不可挡、百战百胜的"刘家军"。

事实正是如此，逃出营房的法兵，过了小桥，沿着小路，落荒而逃。跑着，跑着，天渐渐地亮起来，身后的追杀声也变得越来越小了，法兵开始庆幸自己即将逃脱黑旗军的追杀，总算保住了一条小命。忽然间，一条溪流拦住了法兵的去路，溪面宽阔弯曲，对面沿岸丛林杂错，溪上唯一的一座木桥已被人拆毁。这下，法兵可傻了眼，一个个不知所措，急得如热锅上的蚂蚁一般，团团乱转。渐渐地，后面的追杀声又大了起来，不甘坐以待毙的法兵只好不顾溪水深浅，

扑通、扑通地往溪流里跳，争渡逃命，而把军装、枪械都丢在溪边。才渡到一半，对岸森林中又冲出了一支黑旗军队伍，横截法兵去路。原来，武抗法把临洮附近的地形情况详细地告诉了刘永福，刘永福断定，逃亡的法兵必经过此处，所以事前派一支部队在此处埋伏好，并叮嘱他们先毁掉溪上木桥。法兵做梦也没想到的，刘永福想到了，这时候，刘永福率领的大队黑旗军，以及武抗法的临洮义勇团从后面赶到。两队人马前后夹击，法兵死的死，伤的伤，降的降。由于陈尸过多，溪水也为之而不流。这一仗，黑旗军大获全胜，并缴获了大量枪械。

在东线大捷的这一天，西线也传来了喜讯，清朝援越将领冯子材率领的萃军收复镇南关，歼敌千余人，并挥师向文渊、谅山挺进。中路的唐景崧也攻克了太原。捷报频频传来，刘永福闻讯大喜，立即马不停蹄，率领黑旗军趁临洮大捷，接连收复了数十个县城。整个越南抗法战场上，呈现出一派动人情景，此正是：

连宵苦战不闻金，枕籍尸填巨港平。

群酋存者戴头走，前军笳吹报收城。

南人鼓舞咸嗟叹，数十年来无此战。

献果焚香夹道迎，痛饮黄龙何足算。

中法战争结束，中国在军事上取得了胜利。1885年8月中旬，刘永福率领四百多名黑旗军将士及随军家属，开始启程，返回祖国。越南人民闻讯后，从四面八方赶来，为刘永福及黑旗军送行，人们频频向刘

刘军大胜法军 清末年画

永福及黑旗军将士拱手致意，有的点燃鞭炮，有的敲起锣鼓，更有许多老人和妇女流着热泪，恳请刘永福及黑旗军将士一道留下。越南人民的深情厚意，犹如一股股暖流，涌入了刘永福的心田，他骑在马上，眼中饱含着泪花，激动得说不出话来。他心中默念：今天我虽然回归祖国，但是，越南人民一旦抗击外来侵略需要，我刘永福总有一天要再返沙场！

刘永福像

刘永福虽然回归祖国，但是，越南人民对刘永福及黑旗军将士，在自己的国土上甘洒热血，英勇捐躯，赴汤蹈火，万死不辞的兄弟情谊，深深怀念。为了让子子孙孙铭记这段辉煌的历史，他们自发组织起来，为刘永福及黑旗军建庙立祠，以表达越南人民对刘永福及黑旗军将士深切的怀念和敬仰之情，以记载中越两国人民并肩战斗，共同抗击法国侵略者的光辉业绩。

屡败法军逞英豪

——黑旗军将领刘永福

刘 义 亭

该亭位于五山街华南理工大学化机系西湖旁一小山坡上，建于1938年5月24日。亭向西，六角，盖红绿琉璃瓦。亭匾书"刘义亭"，署名被涂，不可辨。

此亭为纪念刘永福而建，据说刘永福对士兵对朋友极讲"义气"，他书读得不多，最爱读《三国演义》，三国故事烂熟于胸。三国里的忠义理念对他影响很大。他经常帮街坊邻居，家中原有一只犀牛角，街坊邻居谁有病了就借来磨了熬水喝，"刘义"之名就这样逐渐被传开。

刘义亭为当年湖南省主席何云樵捐资千元所建，选择的是刘永福原军营寨遗址处，刘义亭高约6米，边长2.2米，亭中央有记事碑，高1米，为当年中山大学校长邹鲁所书，意为勉励学生学习刘永福爱国，碑文曰："本校校地为刘义将军营寨之遗址。湘主席何云樵先生捐资千元，建筑此亭而留纪念。登斯亭者，咸能继将军御侮之志，则民族复兴可指日焉。"

屡败法军逞英豪
——黑旗军将领刘永福

刘氏家风

刘永福给儿女们立下的家规很严格，例如有一条：除非不能生育，否则不准纳妾。刘永福本身就是一个好榜样：他一生只娶黄美兰一人，情深意笃，相伴终老。1910年，黄美兰因病在钦州与世长辞，73岁的刘永福悲痛万分，正襟席地，守夜戴孝，并坚持扶灵到墓地，陪伴妻子走完最后一段路。

刘永福还很"大方"，曾自掏腰包，送部下留洋，希望他们能学习西方的先进技术，以弥补黑旗军之短，但刘家家风却很节俭。刘家的管家"二老爷"，终身追随刘永福，在刘永福的长期影响下，他有一个持家招式：无论来访者是亲朋好友，还是达官贵人，家宴招待菜式不超过"豆豉焖猪肉"的标准。

刘永福有四男三女，儿子分别是成章、成业、成良、成文，长女名字不详，二女、三女分别叫英娇、秀蓉，其中，英娇嫁给另一抗法名将冯子材的儿子冯相锟，三女秀蓉随父赴台抗日，不幸牺牲，年仅15岁。

这些儿女中，刘成良最为特殊：他是永福收养的义子。刘成良本姓邓，家境贫寒，其父在中越边境的一个小镇开打铁铺。1866年，刘永福率部队经过这个小镇，要打刀，看见只有8岁的刘成良，长得虎头虎脑，憨厚可爱，于是问他愿不愿意跟随他，刘成良虽然年幼，但竟一口答应了。刘永福在征得他父亲的同意后，带着小成良伴随左右。

刘成良自幼便很懂事，得到黄美兰的悉心教导，文武双全，胆识过人，与刘永福性格最相似。后来他跟随刘永福南征北战，成为刘永福的得力助手，20岁不到，就做了刘永福亲兵营的营长。甲午战争期间，刘成良随刘永福到台湾抗日保台，与父亲在枪林弹雨中并肩作战，并保护刘永福安全撤离台湾。

屡败法军逞英豪
——黑旗军将领刘永福

晚年生活

1915年，日本向袁世凯提出灭亡中国的二十一条，年近80岁的刘永福义愤填膺，上书袁世凯表示强烈反对，愿意率部北上与敌决一死战。但在袁世凯的卖国政策下，刘永福的抗敌愿望只能化为泡影。

晚年的刘永福积极探索救国救民之道，并受孙中山"三民主义"的影响，加入了同盟会，还在"三宣堂"设立了书堂，让小孩读书识字，并经常给孩子们讲抗法抗倭的故事，培养孩子们的爱国之心。

1917年1月，经历了国家与民族忧患的刘永福在极度悲愤中溘然长逝，享年80岁。刘永福临终时仍不忘告诫子孙："临阵不畏死，居官不要钱……不惜以铁血铸山河，强大种族！"

刘永福一生为国而战，直至两鬓斑白仍不失爱国热忱。他的民族气节和民族精神如浩气长存，永载史册！

刘永福大事年表

1837年9月11日，刘永福诞生于广东钦州古森峒小峰乡（今属广西防城港市）。

1857年离家投入农民军头目郑三部下。

1866年在归顺安德北帝庙建立黑旗军。

1867年率黑旗军进入越南苏街。

1870年11月，冯子材率兵入越追剿黄崇英，刘永福应邀派福字二营助剿，冯赏给刘四品蓝翎功牌和木质关防。

1873年率黑旗军袭杀安邺，越南王授副领兵衔。

1874年8月，在兴化等地助剿黄崇英有功，获授正领兵官。越南王正式允许黑旗军在保胜设关收税，以补军用。同年10月，越南政府进剿黄崇英，命刘永福权充三宣副提督，督率四路大军。

1883年3月，在越南与唐景崧晤谈出击法军事宜。同年4月，力歼李威利。

1884年7月，中法宣战。清政府授刘永福记名提督衔，命进军北圻。9月，清政府赏黑旗军银五万两，奖黑旗军帑五千。

1885年正月，黑旗军在左育与法军援师血战，予敌重大杀伤后败溃。

1887年5月，调署碣石镇总兵。8月任职。

1894年甲午战争爆发，奉命率军赴台湾办理防守事宜。

1897 年 11 月，清政府启用"老于兵事，缓急可恃"的将官。两广总督谭钟麟遵旨启用刘永福。

1911 年赴香港加入同盟会，就任广东省民团总长。

1917 年 1 月 9 日，病逝于钦州。

屡败法军逞英豪

——黑旗军将领刘永福

刘永福遗言

予起迹田间，出治军旅，一生唯以忠君爱国为本。无论事越事清，皆本此赤心，以图报称。故临阵不畏死，居官不要钱，虽幸战绩颇著，上邀国恩，中越均授以提督之职，居武臣极地，亦可谓荣矣。然予心惕惕，终不以官爵为荣，只知捍卫社稷，不使外洋欺我中国为责任。

此身虽老，热血长存。现今国事日危，外强虎视，若中政府不早定大计，任选贤将，练兵筹饷，振起纲维，各省督军不知和衷共济，竭力为国，以救危亡，因循坐误，内乱交作，蛮夷野性，必乘机入寇，割据瓜分，亡国奴隶，知所不免。

吾今已矣，行将就木，恨不能起而再统师干，削平丑类，以强祖国。儿曹均已成立，各宜发奋为雄，抱定强种主义，投军报效，以竟予未了之志。倘为国用，自宜竭力驰驱，不惜以铁血铸山河，强大种族，以期臻于五大洲最强美之国。若不能见用于时，亦宜将于之遗嘱，遍告当轴名公，求其人告大总统，务以尊贤任能为急务。远小人，贱货色，严边防，慎取舍，旁求山林逸才，延揽智谋健将；惜民力以裕财源，养民气以威夷狄；集群策群力，以鞭笞天下，则天下之尚力者，自然入我范围而不敢抗。如是，则国基巩固，国势富强，吾虽死，九泉之下，亦将额手而颂太和。

中华魂·百部爱国故事丛书
提　要

《誓与禁烟相始终——民族英雄林则徐》

林则徐严禁鸦片，坚决抵抗西方列强的侵略，坚持维护国家主权和民族利益。他是中国近代历史上第一位睁眼看世界的人，是抗击帝国主义殖民侵略的第一人，是中华民族抵御外侮过程中伟大的民族英雄。

《血洒虎门御敌寇——抗英将军关天培》

民族英雄关天培，在第一次鸦片战争中为了抗击英国侵略者的入侵而血洒虎门，为国捐躯，谱写了一曲可歌可泣的英雄赞歌。关天培用他的生命，书写了中国人民反抗外侮的历史。

《威震镇海靖节魂——抗敌英雄裕谦》

在第一次鸦片战争期间的众多牺牲者中，有一位官阶最高，他就是两江总督裕谦。裕谦与外国侵略者斗争立场坚定，与国内妥协派、投降派斗争态度坚决。裕谦督战镇海，与英国侵略军浴血奋战，临危不惧，以身报国，浩气长存。

《斩邪留正解民悬——太平天国领袖洪秀全》

农民出身的洪秀全，从失意文人到起义领袖，经历了长期的思想演变过程，在外敌入侵、清朝政府腐朽的历史环境之下，顺应时代的潮流，成长为一位非凡的历史英雄人物，建立了与清朝政府相抗衡的农民政权——太平天国。

《仰承汉唐　荟萃中外——近代数学家李善兰》

李善兰是我国19世纪重要的科学家之一，在数学、天文学、力学等方面都有重大建树。他继承了我国古代数学的成就，又以极大的热情传播西方科学文化，"仰承汉唐，荟萃中外"，把自己的一生献给了科学事业。

《严谨治学　勇于探索——近代著名数学家华蘅芳》

华蘅芳，中国近代数学家之一。其精通中国古算学，并熟练掌握西方近代数学，是中国验证抛物线并著书立说的参与者。为了证明"外国有的，中国也能造"而鞠躬尽瘁，在引进西方科学技术、传播科学知识上贡献卓著。

《折冲樽俎护山河——近代著名外交家曾纪泽》

曾纪泽是中国近代史上著名的爱国外交家，在中俄伊犁交涉事件中，他秉承抵抗列强、保卫国家的坚定意志，利用外交手段全力同沙俄抗争，捍卫了国家主权、民族尊严，收回了祖国的领土，在近代中国外交史上留下了光辉的一页。

《甲午海战留英名——民族英雄邓世昌》

邓世昌，北洋水师名将。本书以邓世昌的成长过程为线索，以代表性的历史故事为主要内容，还原真实的历史事件，突出鲜明的人物性格。邓世昌因在中日甲午海战中突出的英雄气概而名垂史册，书写了伟大的爱国主义篇章。

《誓与舰队共存亡——北洋水师提督丁汝昌》

丁汝昌处在清朝政府的腐朽和李鸿章的专断下，难以施展爱国的抱负，壮志未酬，愤恨而终。但丁汝昌为建立近代海军作出的巨大贡献，带领北洋舰队爱国官兵勇抗强敌的英雄事迹，将永远为后代所传颂。

《镇南关上凯歌扬——抗法老英雄冯子材》

1885年中法战争中，年逾古稀的冯子材为抵御外国侵略，勇赴国难，大败法军于镇南关，并乘胜追击，接连收复文渊、谅山等地，从根本上扭转了中法战争的局面，成为近代民族英雄的杰出代表。

《屡败法军逞英豪——黑旗军将领刘永福》

刘永福是黑旗军的创建者，是农民出身的杰出军事家、政治活动家。在19世纪发生的援越抗法、中法战争中，他率部与帝国主义侵略者进行了殊死的战斗，建立了卓越的功勋，成为我国近代史上著名的民族英雄，为后世所景仰。

《矢志变法强国家——戊戌变法领袖康有为》

康有为是清末民初最有影响力的思想家之一。他领导了中国知识界的启蒙运动，掀起了一场自上而下的政体改革。他最早在中国提出了立宪政体和具体的宪政方案，主张在坚持儒家传统和帝制的前提下，学习西方经验，他的进步思想对近代中国具有深远的影响。

《开民智以报国 普新知而图强——戊戌变法思想家梁启超》

梁启超，中国近代史上著名的政治活动家、启蒙思想家、史学家、文学家，戊戌变法领袖之一。本书以百日维新思想家梁启超的成长过程为线索，以代表性的历史故事为主要内容，还原真实的历史事件，突出鲜明的人物性格。

《我自横刀向天笑——维新志士谭嗣同》

谭嗣同在民族危机的严重时刻，投身改革救中国的洪流。为了带给祖国一个光明的未来，紧要关头，他挺身而出，用自己的鲜血激励后人，把宝贵的生命献给了变法事业。

《睡乡敢遣警世钟——用生命警策国人的陈天华》

陈天华是民主革命的活动家和宣传家。他写的《猛回头》《警世钟》等书，起到了革命启蒙的重大作用。为了激发留日学生的爱国情怀，他不惜投海自杀，演出了近代史上感人至深的一幕，给后人留下了难忘的印象。

《革命军中马前卒——民主斗士邹容》

革命乃"至尊极高，独一无二，伟大绝伦之一目的"；它是"天演之公例，世界之公理，顺乎天而应乎人"的伟大行动。因此，必须"仗义群兴革命军"。他激情高呼："革命独子万岁！中华共和国万岁！"这就是《革命军》的作者，中国近代著名资产阶级革命宣传家邹容。

《休言女子非英物——鉴湖女侠秋瑾》

为民族解放和妇女解放而英勇斗争的秋瑾，冲破封建礼教的思想牢笼，打碎封建精神枷锁，崇仰真理，追求光明，主张共和，坚持男女平等，最终献出了自己年轻的生命。

《血溅校场　杀身成仁——民主斗士徐锡麟》

本书讲述了反清志士徐锡麟弃文从武、投身反清革命事业，最终被清政府杀害的故事。出于对国家的热爱，徐锡麟献出自己的生命，他的事迹将永远激励后人深切缅怀这位民主革命的先驱。

《生可死耳　我志长存——献身民主的禹之谟》

禹之谟，民主革命党人，同盟会会员，近代资产阶级革命家、实业家。1886年，20岁的禹之谟"提三尺剑，挟一卷书"游历四方，研究西方社会政治学说，忧国忧民之心日趋强烈。戊戌变法失败，他丢掉改良幻想，倡革命救亡之说，走上民主革命道路。

《物竞天择　适者生存——资产阶级启蒙思想家严复》

严复是中国近代著名的启蒙思想家、翻译家和教育家。他长期从事教育和翻译事业，为近代中国人才培养和思想启蒙做出了重要贡献，同时他也为中国的翻译事业和中西思想文化交流做出了重要贡献。

《辛亥革命急先锋——资产阶级革命家黄兴》

黄兴，清末民初资产阶级革命家，中华民国开国元勋。黄兴在武昌首义及辛亥革命时期的爱国表现，与孙中山闻名于当时，常被时人以"孙黄"并称。本书以资产阶级革命活动实干家黄兴的成长过程为线索，歌颂了先辈伟大的爱国主义精神。

《矢志革命　百折不回——近代民主革命家廖仲恺》

廖仲恺追随孙中山踏上了创立民国与捍卫共和制的旧民主主义革命

屡败法军逞英豪

之路；在新民主主义革命时期，他为建立、巩固首次国共合作和实施三大政策，英勇奋斗，为国殉职，洒尽了一腔热血。

《将军拔剑南天起——护国英雄蔡锷》

蔡锷是中国近代史上的杰出军事家、爱国者。他的一生短暂而伟大。辛亥革命爆发，他毅然投身于革命洪流之中，领导云南重九起义，对武昌起义积极响应。袁世凯窃国复辟、恢复帝制的阴谋暴露出来以后，他又毅然举起了武装讨袁的旗帜。

《反帝反封建运动——五四青年的爱国故事》

五四运动是一次伟大的反帝反封建的爱国运动；是一个伟大的历史转折点；是中国人民的斗争从挫折走向胜利的一个关节点，它为中国的前进开辟了一条全新的道路，拉开了中国新民主主义革命的序幕。

《思想自由　兼容并包——著名教育家蔡元培》

蔡元培是中国近现代著名的民主革命家和教育家，一生经历风雨，却始终信守爱国和民主的政治理念，致力于废除封建主义的教育制度，奠定了我国新式教育制度的基础，为我国教育、文化、科学事业的发展做出了富有开创性的贡献。

《为国家争光　为民族争气——中国铁路之父詹天佑》

詹天佑是我国最早的杰出铁道工程师，因主持建造京张铁路而闻名中外，被誉为"中国铁路之父"。他为祖国的铁路事业贡献了毕生的精力。本书向读者展示了詹天佑热爱祖国、科技兴国的辉煌人生。

《实业救国　衣被天下——轻工之父张謇》

张謇是爱国实业家、教育家。他年轻时中过状元。过了40岁，开始投身工商实业活动中，他的名言是"富民强国之本在于工"。在南通，创办大生丝厂、银行等各种实业。并将创办实业的大部分所得投入教育。他的观点是，教育和实业一样，也是"富强之大本"。

《心向革命　追求光明——平民将军冯玉祥》

冯玉祥将军"是一位从旧军人转变而成的坚定的民主主义战士"。

抗日战争期间，他辗转各地，用实际行动积极抗战。日本战败投降后，他为了断绝美国的援蒋内战，又在美国四处演说，揭露蒋介石统治之黑暗，痛斥美国阴谋分裂中国的不良行为。

《刑场上的婚礼——革命烈士周文雍　陈铁军》

周文雍是广州起义的主要领导人之一。陈铁军出身于华侨商人家庭，却毅然投身革命洪流。1928年1月，两人接受派遣，回到广州假扮夫妻从事革命斗争，却不幸被捕。临刑前，两位烈士将敌人的枪声当作自己婚礼的礼炮，用生命和爱情谱写出一曲千古绝唱。

《星星之火　可以燎原——井冈山斗争的故事》

1927—1929年，毛泽东、朱德等老一辈革命家，在井冈山创建了农村革命根据地，进行了艰苦卓绝的斗争，建立了新型革命武装，点燃了工农武装革命之火，找到了农村包围城市最后夺取政权的中国革命的正确道路。

《新民学会的主要发起人——中国共产党早期革命家蔡和森》

蔡和森青年时期曾与毛泽东等人一起组织进步团体新民学会，参加五四运动，并在赴法国勤工俭学时研读大量马克思主义著作，回国后以满腔热忱投身革命事业，成为中国共产党早期重要的理论家和宣传家。

《威震黄浦江畔　高奏抗日壮歌——一·二八淞沪抗战》

面对日本侵略者的挑衅，十九路军在蒋光鼐、蔡廷锴的带领下，高举义旗，奋力一搏。一·二八淞沪抗战，是中国军人捍卫军人荣誉和祖国尊严所发出的吼声，谱写了一曲抗击日军侵略的英雄壮歌。

《将军恨不抗日死——慷慨就义的吉鸿昌》

在国难深重的20世纪30年代，吉鸿昌将军因拒绝执行国民党指示，坚决不打内战，被迫携眷出国"考察"。回国后，他加入中国共产党，组织了民众抗日同盟军，英勇打击日本侵略者，于1934年11月被国民党反动派杀害。

《献身革命　甘于清贫——梅岭忠魂方志敏》

大革命失败后，方志敏凭着"两条半步枪"起家，身经百战，创建了赣东北革命根据地和红十军。本书真实记录了方志敏投身于革命、领导红军和敌人进行艰苦卓绝斗争的经历，歌颂了烈士贫贱不移、威武不屈、献身革命的高尚品质。

《奏响中华最强音——人民音乐家聂耳》

聂耳在他有限的生命中创作了数十首革命歌曲，在抗日救亡运动中，聂耳的这些歌曲产生了广泛深远的影响。他的音乐创作为中国无产阶级革命音乐的发展指明了方向，树立了榜样。

《横眉冷对千夫指——中国文化革命主将鲁迅》

鲁迅不但是伟大的文学家，而且是伟大的思想家和伟大的革命家。在那风雨如晦的黑暗年代里，他以笔为投枪，同一切帝国主义和反动派进行了顽强的战斗，为中国人民树立了一个不朽的丰碑。他是新文化战线上的一面光辉旗帜，是我们伟大民族的灵魂。

《铁流两万五千里——红军长征的故事》

红军长征是人类历史上的一次伟大的壮举。第五次反"围剿"失败后，中国工农红军的三大主力在极端艰难的条件下，突破国民党军队的围追堵截，进行了史无前例的战略大转移，总行程达两万五千里以上。途中发生了许多动人故事，至今令人难以忘怀。

《荣辱不移革命志——创建陕北红军的刘志丹》

刘志丹是杰出的无产阶级革命家、军事家，西北红军和西北革命根据地的主要创始人之一。他一生热爱人民，追求真理，英勇善战，百折不挠，艰苦奋斗，忠心赤胆，为创建红军和革命根据地、为中国人民的解放事业建立了不可磨灭的功勋。

《英名永存北平城——爱国将领佟麟阁　赵登禹》

1937年7月28日，日军向北平郊区发动进攻。第二十九军副军长佟麟阁奉命在南苑率部与日军苦战，腿部受伤，头部被敌机炸伤，壮烈殉国。第一三二师师长赵登禹指挥部队顽强抵抗日军，右臂中弹负伤，仍继续作战。后在转移途中遭日军截击而牺牲。

《八百壮士　四行仓库铸军魂——谢晋元和他的战友们》

八一三抗战，中国军人以血肉之躯揭开全面抗战的帷幕。这是一场血战，是中国军人不屈不挠的英雄诗篇，其中的八百壮士守四行，成为这首英雄颂歌中最动人、最凄美的音符。一曲四行保卫战，铸就了不屈的军魂。

《八女投江　气贯长虹——八位抗联女战士》

抗日战争时期，以冷云为首的东北抗日联军8名女战士，为捍卫民族尊严，面对凶残的日寇，镇定自若，宁死不屈，投江殉国，表现了中华民族同敌人血战到底的英雄气概。她们的光辉形象，激励着千千万万的后来人。

《艰苦抗战　威震敌胆——著名抗日英雄杨靖宇》

杨靖宇将军是我国著名的抗日民族英雄。曾先后担任磐石游击队政治委员、东北抗日联军第一军军长兼政委、抗日联军总司令等职。领导军民对日寇坚持了长达9个年头的艰苦卓绝的斗争，最终以身殉国。

《死也不当亡国奴——镜泊抗日英雄陈翰章》

陈翰章，从1932年8月投笔从戎，直到1940年12月8日为抗击日本侵略者，战死在镜泊湖畔。他在抗日疆场上奋战了九年，他那可歌可泣的英雄事迹将为人们永世传颂。

《名将殉国　气壮山河——抗日将军张自忠》

著名抗日将领、民族英雄张自忠，生于忧患的时代，抱有"宁为百夫长，胜作一书生"的志向，经历过失败与低谷，最终成就了慷慨人生。本书主要以人物活动为主，勾画出一个真正的"民族魂"鲜活的人生，会带给读者振奋的力量。

《宁死不辱战士名——狼牙山五壮士》

1941年日寇在河北易县"扫荡"。为掩护群众和主力部队撤退，五位八路军战士毅然把敌人引上了狼牙山棋盘坨峰顶绝路。弹尽粮绝、无路可退，五位英雄纵身跳下了万丈悬崖，用生命和鲜血谱写出一曲惊天地泣鬼神的壮举。

《太行浩气传千古——抗日名将左权》

左权，中国工农红军和八路军高级指挥员，著名军事家。是八路军在抗日战场上牺牲的最高指挥员。名将阵亡，太行山为之垂首，全党为之悲痛。周恩来称他"足以为党之模范"，朱德赞誉他是"中国军事界不可多得的人才"。

《虎将兴关外 抗倭统雄师——抗联英雄赵尚志》

本书描写了久经考验的共产党员、东北抗联的创建者和主要领导人赵尚志，在艰苦卓绝的条件下，坚持抗战，威震敌胆，战功卓著，忍辱负重，忠贞不屈，为国捐躯的英雄故事，为青少年读者呈上一部爱国主义的佳作。

《黄埔之英 民族之雄——抗日名将戴安澜》

抗日名将戴安澜，先后参加保定、漕河、台儿庄、武汉、昆仑关等战役，作战英勇，屡建奇功；入缅作战，"扬威国外，藉伸正义"；守东瓜，复棠吉；殒身缅北，遗恨丛林，马革裹尸，成就了光辉的一生。

《爱国志士 民主先锋——新闻出版家邹韬奋》

本书讲述了邹韬奋献身新闻出版事业的奋斗历程，展现了一位新闻工作者坚定的革命信念和炽热的爱国主义精神，全心全意为人民服务、为读者服务的奉献精神，歌颂了他的高尚情操和优良品质。

《为抗战发出怒吼——人民音乐家冼星海》

人民音乐家冼星海，青年时期在巴黎求学，饱尝屈辱与磨难；学成后毅然回到多灾多难的祖国，用满腔热忱谱写激昂的音乐，鼓舞中华儿女的斗志；奔赴延安，谱写出不朽的名作《黄河大合唱》，发出中华民族抗日救亡的怒吼。

《全民皆兵　抗击日寇——抗日战争的故事》

中国人民进行的十四年抗战，是一百多年来中国人民反对外敌入侵第一次取得完全胜利的民族解放战争。这场战争是以国共两党合作为基础，有社会各界、各族人民、各民主党派、抗日团体、社会各阶层爱国人士和海外侨胞广泛参加的全民族抗战。

《捧着一颗心来　不带半根草去——人民教育家陶行知》

陶行知是我国现代教育史上伟大的人民教育家、教育思想家。他从青年起就立志献身教育事业，以"捧着一颗心来，不带半根草去"的赤子之心，为人民的教育事业鞠躬尽瘁。

《为民主与和平拍案而起——民主斗士闻一多》

闻一多早年与梁实秋等人发起成立清华文学社。赴美留学期间由对祖国的深深眷恋而创作著名的《七子之歌》。后在西南联大任教8年，积极投身于抗日运动和争取民主的斗争，发表了著名的《最后一次讲演》。

《铁窗难锁钢铁心——革命先烈王若飞》

王若飞是我党早期杰出的无产阶级革命家。在艰苦卓绝的斗争中，他出生入死，屡建奇功，以超人的睿智和胆略，在敌人的监狱中，同敌人展开了殊死的较量，为抗战的胜利和新中国的诞生做出了卓越的贡献。

《横扫千军　还我河山——抗联名将李兆麟》

李兆麟是东北抗日联军创建人之一，他率领抗日联军历尽千难万险与日本侵略者浴血奋战，在极其艰苦的条件下，保存了抗日联军的有生力量，为东北光复做出了重大贡献。

《锄头开出新天地——解放区大生产运动》

为了解决困难，渡过难关，党中央号召党政军民齐动手，开展大生产运动。中国共产党在其控制区域内发动的一场军队屯田和鼓励生产的群众运动，达到了自己动手丰衣足食，共度难关，既进行革命又进行生产自足的目的。

《生的伟大 死的光荣——女英雄刘胡兰》

刘胡兰，坚贞不屈的少年女英雄。生前对我国劳动人民的解放事业无限忠诚，在敌人威胁面前，大义凛然，毫无惧色，英勇牺牲，表现了共产党员的高贵品质。

《饿死不领美国救济粮——爱国知识分子的楷模朱自清》

朱自清作为爱国知识分子的典型，以锐利的笔锋直言痛斥反动政府的暴行，体现了他崇高的爱国情怀和不畏恶势力的精神品格。毛泽东曾给朱自清先生以高度评价："一身重病，宁可饿死，不领美国的'救济粮'"，"表现了我们民族的英雄气概"。

《为了新中国前进——舍身炸碉堡的董存瑞》

伟大的英雄，中国人民的儿子董存瑞，从儿童团长成长为一名光荣的解放军战士，在1948年解放隆化县城时，舍身炸碉堡，为新中国献出了自己年轻的生命。他的英雄形象永远留在人民心里。

《宁死不屈的共产党员——革命烈士江竹筠》

江竹筠，就是著名的江姐。1947年春，她负责《挺进报》工作，只几个月的时间，报纸就发行到1600多份，引起了敌人的极大恐慌。由于叛徒出卖，江姐不幸被捕，惨遭毒刑的残酷折磨，仍坚贞不屈。最后被特务秘密枪杀，年仅29岁。

《抗美援朝 保家卫国——志愿军的战斗故事》

抗美援朝战争是中国人民志愿军为援助朝鲜人民、保卫祖国安全，与美国为首的"联合国军"发生的战争。在朝鲜牺牲的志愿军烈士们，他们英勇的战斗事迹、保家卫国的精神值得我们发扬光大。

《上甘岭上壮烈歌——黄继光和他的战友们》

在1952年10月的上甘岭战役中，黄继光和他的战友们在零号阵地半山腰被敌机枪火力点压制，此时，黄继光身上已经多处负伤，手雷也已全部用光。为了完成任务，减少战友的伤亡，他用自己的胸膛堵住正在扫射的敌机枪射孔，为反击部队扫清了前进的道路。

《诗书印画 全入神品——国画大师齐白石》

齐白石出身贫寒，做过农活，当过木匠，后改学雕花木工，从民间画工入手，摹古人真迹，学诗文书法，融汇古今，而诗、书、印、画俱佳；他将中国画的精神与时代的精神统一得完美无瑕，使中国画得到国际的重视，无愧于"国画大师"的称号。

《毕生为文化而奋斗——中国第一出版家张元济》

张元济参与、主持和督导商务印书馆近六十年，使其从简单的印刷企业转变为当时中国教育出版的旗帜。张元济一生爱书，在中华大地动荡不安的年代里，他用自己对文化的热爱，续存着中华民族灿烂悠久的文明之光。

《独树一帜 梨园大师——著名京剧表演艺术家梅兰芳》

梅兰芳，京剧大师，演唱风格独树一帜，世称"梅派"。曾先后赴日本、美国、苏联演出，并荣获美国波摩那学院和南加州大学的荣誉文学博士学位。作为一位爱国者，抗战期间蓄须明志，拒绝为日本人演出，为后世称颂。

《华侨旗帜 民族光辉——爱国侨领陈嘉庚》

陈嘉庚是著名的爱国华侨领袖、企业家、教育家、慈善家、社会活动家。他为辛亥革命、民族教育、抗日战争、解放战争、新中国的建设做出了卓越的贡献。生前被毛泽东誉为"华侨旗帜、民族光辉"。

《向雷锋同志学习——伟大的共产主义战士雷锋》

雷锋，一个平凡而伟大的共产主义战士，一心向着党，一生秉承着全心全意为人民服务、无私奉献的崇高思想；发扬刻苦学习和钻研理论的"钉子"精神；坚持勤俭节约、艰苦奋斗的优良作风。毛泽东为其题词："向雷锋同志学习。"

《人民的好公仆——县委书记的好榜样焦裕禄》

焦裕禄，被誉为县委书记的好榜样。他用自己的革命精神，展开了与大自然、与社会落后现象、与病魔的多重抗争，让我们领略到一个共产党人的生之伟大、死之壮美的人格品质和具有现实教育意义的精神魅力。

《文学巨匠　京味大师——人民作家老舍》

老舍是我国现代小说家、文学家、戏剧家。他用融入骨髓的真诚文字反映生活的喜怒哀乐。老舍的一生，总是在忘我地工作，他是文艺界当之无愧的"劳动模范"，生前被北京市人民政府授予"人民艺术家"的称号。

《革命老人——无产阶级教育家徐特立》

徐特立是一代伟人毛泽东的老师。他出生在贫苦家庭，大部分时间生活在动荡艰苦的年代；他刻苦勤奋，不畏艰辛，追求光明，一生勤俭，为革命培养了大量的人才；他对党和人民任劳任怨，鞠躬尽瘁。他坎坷奋斗的一生，留下了许多可歌可泣的故事。

《人生能有几回搏——新中国第一个世界冠军容国团》

容国团先后担任中国乒乓球队运动员、女队主教练。获得1959年男子单打世界冠军；1961年夺得男子团体世界冠军；作为中国女队主教练，1965年率女队第一次夺得女子团体世界冠军。他的"人生能有几回搏"的豪言，举国传诵。

《石油工人一声吼　地球也要抖三抖——铁人王进喜》

王进喜，新中国第一批石油钻探工人。他为祖国石油工业的发展和社会主义建设立下了不朽的功勋，在创造了巨大物质财富的同时，还给我们留下了宝贵的精神财富——铁人精神。他被评为"百年中国十大人物"，写入中华民族的光辉史册。

《做人民需要我做的事——著名地质学家李四光》

李四光是一位伟大的科学家，他一生从事地质学研究工作，足迹遍布祖国的山川，为祖国探明了许多地下宝藏；他创建了崭新的学说——地质力学；他历尽重重困难，为正确认识地质构造开辟了一条新路。

《中国化学工业的先驱——著名化学家侯德榜》

为摆脱纯碱需要进口的窘况，20世纪初，怀着"实业救国"梦想的中国化工先驱侯德榜等人创办了永利碱厂，并立志生产出中国人自己的碱。1926年，永利碱厂终于成功地生产出"红三角"牌纯碱，从此中国制碱业得以跨入世界先进行列。

《毕生求是 一丝不苟——著名科学家竺可桢》

著名科学家竺可桢献身科学研究；治学严谨，一丝不苟；一生廉洁，两袖清风；作风民主，爱护学生。他以爱国之心、报国之志，从一个民主主义者逐渐成长为一个共产主义战士。

《热爱自然的大地之子——著名植物学家蔡希陶》

蔡希陶，五十载风雨，五十载坎坷，五十载奋斗，五十载开拓，为了发现对人类生产、生活有用的植物及新物种的引进而做出巨大贡献，在中国的植物资源学史上将永远镌刻着他的名字。

《高洁无私的襟怀——知识分子的楷模蒋筑英》

蒋筑英是中国当代知识分子的先锋典范，他不为名，不为利，尊重科学；他以坚忍的毅力和顽强的作风，在科学的道路上呕心沥血，鞠躬尽瘁，无私地奉献了青春和生命。

《迎接新生命的天使——卓越的妇产科专家林巧稚》

林巧稚是国内外享有盛誉的妇产科专家。在五十多年的医学教育和临床实践中，林巧稚亲自接生了五万多婴儿，治愈了数千病人，培养了数以百计的专门人才，为我国的妇女儿童事业做出了不可磨灭的贡献。

《独自成千古 悠然寄一丘——国画大师张大千》

张大千是20世纪中国画坛最具传奇色彩的国画大师，无论是绘画、书法、篆刻、诗词无所不通。在艺术界深得敬仰和追捧，艺术家们用真挚的感情，用绘画和雕塑展现了"张大千"多彩的艺术形象。

《建造中国的通天塔——著名数学家华罗庚》

中国当代著名数学家华罗庚，为中国数学的发展做出了无与伦比的贡献，他是中国解析数论、典型群、矩阵几何等多方面研究的创始人与开拓者，也是我国最早将数学理论研究与生产实践紧密结合的科学家。

《问鼎长天　强我国威——两弹元勋邓稼先》

邓稼先是我国著名科学家，参加组织和领导我国核武器的研究、设计工作，从对原子弹、氢弹原理的突破和试验成功及其武器化，到新的核武器的重大原理突破和研制试验，作出了重大贡献。是我国核武器理论研究工作的奠基者之一，被誉为"两弹元勋"。

《敢叫天堑变通途——桥梁专家茅以升》

中国著名的桥梁专家茅以升从小立志为祖国建造桥梁，经过不懈努力，他不仅设计建造了一座座宏伟壮观、坚固实用的道路桥梁，而且搭建了一座座友谊之桥，为祖国建设作出了卓越贡献。

《蘑菇云之梦——核物理学家钱三强》

被誉为"中国原子弹之父"的核物理学家钱三强，更名后立志于科技报国；24岁投师于世界著名核物理学家居里夫妇；与夫人何泽慧合作，发现铀的"三分裂""四分裂"现象；统领我国的原子大军，做了大量创造性工作。

《两离桑梓地　满怀雪域情——领导干部的楷模孔繁森》

孔繁森，是一位一尘不染、两袖清风的好干部。两次进藏工作，历时十载，为西藏的建设、发展和稳定作出了突出的贡献。1994年11月，孔繁森不幸以身殉职。人民群众称他为新时期领导干部的楷模。

《摘取数学皇冠上的明珠——著名数学家陈景润》

陈景润是享誉世界的数学家，为了证明"哥德巴赫猜想"，他以惊人的毅力在数学领域里艰苦跋涉，终于攻克了世界著名数学难题"哥德巴赫猜想"中的"1＋2"，创造了中国乃至世界数学史上的辉煌。

《学术独步　饮誉四海——享有国际威望的科学家卢嘉锡》

卢嘉锡是一位在国际科学界享有崇高威望的物理化学家、化学教育家和科技组织领导者。1945年，卢嘉锡满怀"科学救国"的热忱回到祖国，对中国原子簇化学的发展起了重要推动作用，他所指导的新技术晶体材料科学研究，也取得了重大成绩。

《德艺双馨　梨园楷模——著名豫剧表演艺术家常香玉》

常香玉1941年赴陕甘演出。1948年在西安创办香玉剧社。1951年为支援抗美援朝，率剧社巡回西北、中南、华南各地演出，以演出收入捐献"香玉剧社号"战斗机一架，素有"爱国艺人"之誉。

《文学大师　激流勇进——著名作家巴金》

本书以巴金生平和主要事迹为线索，回顾和展示现代著名作家巴金的一生，以期让人们看到巴金在这风云变幻的100多年中，有过成功的欢欣，有过屈辱的磨难，有过痛苦的忏悔，有过平静的安宁。巴金的人生，映照着一代中国五四知识分子坎坷而不平凡的命运。

《壮心系科学　孜孜为国昌——理论化学家唐敖庆》

本书讲述了唐敖庆从出国求学、学业有成、回国任教，到服从安排、艰苦工作、刻苦钻研，最终成为中国量子化学奠基者的过程。让人们看到了这位著名化学家的赤心爱国、严谨治学、大公无私的崇高品格和科研上的卓越成就。

《中国导弹之父——著名科学家钱学森》

当第一颗原子弹升空的时候，当中国的人造卫星奏响《东方红》的时候，当中国运载火箭腾空而起的时候，当中国研制的导弹准确命中目标的时候，人们都会想起他的名字：中国导弹之父钱学森。

《中国近代力学的奠基人——著名科学家钱伟长》

钱伟长曾以中文和历史两个100分的成绩考入清华大学。九一八事变后，钱伟长毅然放弃了文科的学习而转为理科。他是中国近代力学、应用数学的奠基人之一，在固体力学、流体力学以及航空航天领域，取

——黑旗军将领刘永福

屡败法军逞英豪

得了卓越的成就，为新中国的现代化建设付出了毕生的精力。

《中国光学科学的奠基人——著名科学家王大珩》

王大珩是我国著名的科学家，中国光学科学的奠基人。他先在清华就读，后赴英国求学，学业有成，立志科学救国，其成就享誉神州。他以科学的求是精神和赤诚的爱国情怀，探索着中国光学发展的闪光之路。